KB142188

악의 유전학

VICIOUS GENETICS

악의 유전학

임야비 소설

쌤앤파커스

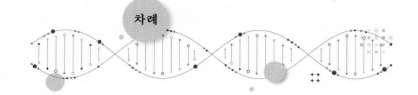

차례

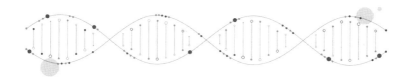

인간 백정

무표정한 사내가 은행 지붕 위에 있다. 그는 사제 폭탄을 들고 있다.

평화로운 변방 도시의 중앙 광장에는 상인과 행인 그리고 말을 탄 경찰들과 강도들이 섞여 있었다. 변장한 강도들만이 지붕 위의 사내를 힐끔힐끔 쳐다보고 있었다. 폭탄을 든 사내는 은행 강도단의 대장이다. 예정된 시간이 지났지만 아직 현금 수송 마차가 도착하지 않았다. 그는 미동도 없다. 사내는 시내를 내려다본다.

왼쪽 길 끝자락에 있는 사내의 집에서 어머니가 바느질을 하고 있을 것이다. 그 바로 건너편에 있는 처가에서는 1년 전 결혼한 아내가 갓난 아들에게 젖을 먹이고 있을 것이다. 오른쪽 저잣거리에서는 주정뱅이 아버지가 외상 술을 들이켜고 있을 것이다. 사내는 비장감 따위는 없다. 아니, 아예 감정이 없다. 사내는 여전히 움직이지 않

06

는다.

"대장, 은행 마차가 20분 정도 늦는답니다."

부하인 코테가 지붕으로 올라와 보고했다. 사내는 고개만 끄덕인다.

"그리고 아무래도 안드레이가 비밀경찰의 첩자인 거 같습니다. 거사 직전인데……."

"죽여. 지금."

사내는 시선을 광장에 고정한 채로 당연한 명령을 내린다.

"거사 직전이고…… 첩자가 아닐 수도 있는데……."

"죽이라고."

차분한 말투. 한 번 더 물었다가는 자기가 죽을지도 모른다는 공포에 코테는 곧바로 내려갔다.

사내는 부하 한 명의 목숨 따위는 개의치 않는다. 부하들은 사내가 명령하면 왜 죽여야 하는지도 모르고 서로를 죽였다. 그들에게 사내는 신이었고, 그가 쓴 선동적인 팸플릿은 성경이나 마찬가지였다. 이런 조직에서 의심을 샀다면 당연히 죽어야 한다.

기마경찰의 호위를 받으며 현금 수송 마차가 은행 앞으로 다가왔다. 광장 이곳저곳에 흩어져 있던 강도들이 안주머니에 숨겨 둔 수류탄과 총을 움켜잡고 지붕 위를 주시했다.

미동도 없던 사내는 거지에게 빵 부스러기를 적선하듯 아래로 사제 폭탄을 던진다. 꽝음과 함께 마차가 부서지고 말들의 다리가 부러졌다.

막 잠든 사내의 아들 야샤가 폭음을 듣고 울음을 터뜨리자 그의 아내 카토가 광장 쪽을 바라보며 다시 젖을 물렸다. 깜짝 놀라 창문을 연 어머니 케케는 은행 쪽에서 치솟는 연기를 보았다. 술집에서 잠이 들었던 아버지 베소는 취한 눈을 비비며 은행의 지붕을 쳐다보았다. 지붕 위의 사내는 연기처럼 사라진다.

"돌격! 전부 다 죽여 버려!"

흩어져 있던 강도들이 동시에 수류탄을 던지고, 총을 난사하며 부서진 마차로 돌진했다. 수류탄은 경찰과 민간인, 말과 사람을 구분하지 않고 갈가리 찢어 버렸다. 순식간에 광장은 말과 사람의 피로 질척해졌다.

아수라장 속. 오래전부터 왼쪽 다리를 살짝 절던 사내는 유난히 차분한 걸음으로 광장을 빠져나간다. 광장에 피를 흘리며 쓰러진 사람들 중에는 사내와 신학교 동기인 사제도 있었고, 사내의 어머니에게 바느질감을 주던 남작 부인도 있었으며, 조직의 프락치 노릇을 하던 거지 소년도 있었다. 사내는 개의치 않는다. 일정한 보폭으로 걷는 것이 사내의 가장 섬뜩한 위장이다.

"대장, 이쪽으로 피하십시오."

메케한 연기와 폭음의 아수라장 속에서 부하 한 명이 다가왔다. 첩자로 의심받은 안드레이. 사내의 눈에만 보이는 붉은 후광이 안드레이 머리 뒤에 드리운다. 사내는 아무렇지도 않게 안주머니에서 모제르 권총을 꺼내 그의 이마에 총알을 박는다. 또 다른 부하가 숨을 헐떡이며 다가왔다.

"대장! 성공입니다. 여기!"

코테가 짊어진 돈 자루를 건넸다. 첩자 안드레이를 죽이라는 사내의 명령을 수행하지 않은 코테. 그의 뒤에도 붉은 후광이 드리운다. 사내는 다시 권총을 꺼내 코테의 머리를 박살 낸다. 아직도 광장에는 흙먼지와 화염 그리고 비명과 폭음이 가득했다. 사내는 돈 자루를 들고 마차를 대기시켜 놓은 외진 골목으로 사라진다.

"기차역으로."

마차에 탄 사내는 묵직한 돈 자루를 만져 본다. 족히 30만 루블이다. 이 정도면 사내의 윗선인 '그분'이 세상을 뒤엎을 공작금으로 넉넉한 액수다. 사내는 그 길로 부모와 처자식을 내팽개치고 유유히 고향을 떠난다.

강도질에 목숨을 걸었던 부하들은 후세에 자신의 이름 앞에 혁명가라는 단어가 붙길 원하며 사내에게 충성했다. 그러나 사람들은 그들을 살인마 또는 테러리스트라고 깎아내렸다. 사내는 부하들에게 개의치 말라고 했다. 부하들은 신과 같은 사내의 말을 따랐지만, 결국 돈에 눈이 먼 시정잡배의 이름표를 목에 걸고 비루하게 죽었다.

늘 쫓기던 사내에게는 살아남기 위해 수십 개의 가명과 별명이 필요했다.

소소, 소셀로, 소설《부친 살해자》의 주인공인 코바, 아내의 이름을 딴 K. 카토, 곰보라는 뜻의 초푸라, 절름발이라는 의미의 게자, 종교의 뜻을 묻힌 신부 그리고 인간 백정까지. 그 이름이 무엇이 되었던, 그는 수많은 사람을 죽였다. 하지만 후세 사람들은 사내를 '직업 혁명가'라고 불렀다.

악의 유전학

1913년, 러시아 제국 변방의 밤

불빛도, 인기척도 없는 겨울 광장. 6년 전, 거액을 털린 은행은 눈보라 속에서 건재했다.

검고 추운 밤, 은행 지붕 위에 누군가가 서 있다.

무표정한 사내다. 그는 사제 폭탄 대신 자루 가방을 들고 있다.

사내는 자신이 6년 전 벌였던 참혹한 현장을 무덤덤하게 내려다보았다. 그사이 더 잔인한 짓들을 저질러서인지 미동도 없다. 사내의 단단한 얼굴에는 34년짜리 나이테가 새겨져 있었다. 세파 때문인지, 아니면 강풍 때문인지, 머리카락이 화염같이 솟아올라 있었다. 얼굴의 얽음도 어려서 앓은 천연두 탓인지, 지금 얼굴을 때리는 서리 조각의 피격 때문인지 분간할 수 없었다. 차가운 얼굴과 불타는 머리카락이 얽힌 이마는 한쪽을 꺼트리거나 다른

쪽을 녹여 버릴 수 없는 거친 평형을 이루고 있었다. 앙 다문 입술을 호위하는 뾰족한 수염 군단이 입가로 돌진 하는 눈송이의 복부를 뺐다. 깜빡이지 않는 차가운 눈빛 이 흰색을 얼리고 있었다. 사내는 표정 없는 미남이었다.

눈보라가 거세지면서 밤이 백야처럼 하얘진다. 은행 지 붕 위에는 아무도 없다.

광장과 마을을 연결하는 어두운 골목. 뼈에 붙은 살을 다 발라 버릴 기세의 칼바람이지만, 사내는 움츠러들지 않았다. 쫓기는 듯 중간중간 뒤를 살피며 완보와 속보를 번갈았지만, 살짝 저는 걸음걸이에 두려움은 없었다. 사 내의 깊은 눈에는 그 무엇이 덮친다 해도 태연할 수 있는 강인함이 서려 있었다.

14

사내는 그런 남자였다. 그가 걸어왔던 길, 지금 가는 길 그리고 앞으로 가야 할 길 위에 추위와 죽음 따위는 장애물이 되지 않았다. 사내는 거만한 도망자였다.

1913년, 사내가 러시아 제국 변방의 고향으로 돌아왔다.

*

사내는 어둠 속의 검은자처럼 움직였다. 그 검음은 허 름한 집 앞에 서더니 주변을 살피고는 익숙한 자세로 낮은 담을 넘었다. 그러고는 좁은 마당을 가로질러 호롱불이 새어 나오는 나무 문을 귀뚜라미처럼 두드렸다.

"어머니, 저예요."

바느질하던 노파는 야음을 틈탄 아들의 기별에 익숙한 듯했다. 노파는 말없이 호롱의 심지를 줄이고 문을 열어 사내와 냉기를 함께 들였다. 그러고는 고개를 내밀어 주변을 살피고는 문을 걸어 잠갔다.

"오랜만이구나."

사내는 유형을 떠나기 전날에는 꼭 어머니 집에 들러 하룻밤을 묵고 떠났다. 벌써 여섯 번째였다. 이번에도 갑자기 들이닥친 아들은 차르의 비밀경찰에 쫓기는 행색이 역력했다. 다 해진 외투와 커다란 자루 가방을 본 노파는 이번에는 훨씬 큰 죄를 지었고, 더 오래, 더 멀리 떠나야 한다는 걸 직감했다.

"어머니와 야샤에게 인사하러 왔어요."

"이번에도 시베리아니?"

사내는 어머니의 말에 대답하지 않고 아들 방의 문을 열었다. 방은 비어 있었다.

"아까 야샤 외할머니가 와서 네 처가로 데리고 갔다."

"왜요?"

사내는 페치카 옆에 있는 의자에 털썩 앉았다.

"동네 꼬마들한테 매일 얻어맞아서 그런지 이 동네에

있고 싶어 하지 않더라. 못된 놈들이 야샤를 고아라고 놀리면서 괴롭히나 보더라."

"어머니, 카토가 야샤를 낳고 죽은 지 벌써 6년이에요. 이제 처가라는 말은 쓰지 마세요."

사내가 신경질을 냈다.

"야샤는 제 어미 카토를 쏙 닮아 엄청 약골이야. 걔한 테는 네 피가 한 방울도 없는 것 같아. 한 살 한 살 먹을 수록 얼굴도 점점 카토가 되어 간다."

노파는 사내의 욱기에 아랑곳하지 않았다.

"먹을 거 있어요?"

사내는 죽은 처의 이름을 더는 듣기 싫어서 말을 돌렸다. 노파는 사모바르에서 차를 따르고, 추레한 부엌 구석으로 가 먹다 남은 음식을 긁어모았다. 사내는 커다란 자루 가방을 열었다. 한때 30만 루블로 꽉 찼던 자루 속에는 부랑자의 추레한 짐만 있을 뿐이었다. 사내는 파이프 담배와 보드카를 꺼내 테이블에 올려놨다.

"이번에는 또 무슨 일을 저질렀니? 강도? 납치? 암살? 아니면 또 은행을 털었니?"

노파는 블라디미르의 성모 이콘을 향해 살짝 고개를 숙였다.

"썩은 제국을 뒤엎고 더 좋은 세상을 만들기 위해 하는 일이에요. 그렇게 비꼬지 마세요."

사내는 어미가 내준 음식을 허겁지겁 먹었다.

"이 악마 같은 놈아! 마구잡이로 사람을 죽이는 게 좋은 세상이니? 너는 대체 누구를 닮아서……."

언성을 높였던 노파는 신성 모독을 무심코 뱉은 신자처럼 급히 말을 잘랐다. 그러고는 테이블에 마주 앉아 게걸스레 음식을 해치우는 아들의 짧고 뻣뻣한 왼팔을 지그시 잡았다.

"이번 유형에서 돌아오면, 마음잡고 새 삶을 살자꾸나. 네가 아무리 인간 백정이래도, 아비 역할은 해야지. 야샤에게는 아버지가 필요해."

"악마 같은 아비와 살 바에야 차라리 없는 게 나아요. 저를 보면 아시잖아요."

아들의 차가움에 노파는 잠시 얼어붙었다.

"꼭 그렇게 말해야겠니? 네가 아버지한테 당한 걸 네 아들에게 그대로 물려주고 싶은 게니?"

"저는 자식을 패지는 않아요."

사내는 무심하게 음식을 씹으며 어머니와 눈을 마주쳤다. 그의 시선은 각이 없는 직선이었다. 그 차갑고 뾰족한 쇠가 어미의 혀를 찔렀다.

"제가 아홉 살 때, 그때 죽였어야 했어요. 오늘같이 눈보라가 치던 날이었죠. 술에 취한 아버지가 어머니를 죽일 듯이 때렸어요. 그때 제가 식칼을 들고 그 인간을 찌르려 했죠. 너무 어려서 실패했지만, 그때 그 악마를 죽였어야 했어요."

아들이 더는 말하지 않길 바랐지만, 늙은 어미는 결국 제일 듣기 싫은 말을 들어야만 했다. 사내는 음식을 질겅질겅 씹어 삼키고 보드카 한 잔을 털어 넣었다.

"그만해라. 그놈의 술이 네 아비를 망쳤어. 누가 뭐래도 내가 사랑했던 남자였다."

"하! 저에게 '새끼 악마', '더러운 종자'라고 욕하면서 가죽 허리띠로 뼈가 밀가루가 될 때까지 때렸죠. 어머니도, 저도 그 인간에게 맞아 죽을 뻔한 적이 한두 번이 아니잖아요?"

"그만해라! 베소는 4년 전에 죽었잖아? 너에게 부고를 전보로 보냈지만 넌 답장조차 없었다. 그럼 된 거다."

"두 번 다시 제 앞에서 아버지, 아니 '베소'라는 단어 꺼내지 마세요!"

마당에서 무언가 깨지는 소리가 들렸다. 잠시 격앙되었던 모자는 동시에 창문을 바라보았다. 사내가 슬그머니 아들 방의 그림자로 숨자, 노파가 조심스레 문을 열었다. 문틈으로 뚱뚱한 쥐 한 마리가 날쌔게 뛰어 들어오더니 순식간에 부엌 뒤로 사라졌다. 사내는 불청객 쥐를 감싼 붉은 후광을 보았다.

"바람에 항아리가 넘어져 깨졌네."

18

노파는 하얀 한숨을 내쉬고 다시 문을 걸었다.

"뭐가 되었든 아버지에게 칼을 들이댄 건 네가 잘못한 거야."

"이제 그만하세요."

어두운 방에서 슬그머니 형체를 드러낸 사내가 다시 의자에 앉았다.

"베소는 악마가 될 만한 배포가 없는 사람이었다. 한낱 불쌍한 주정뱅이일 뿐이었어."

평생 술을 입에 대 본 적 없는 노파가 테이블로 잔을 가져와 보드카를 따랐다.

"그게 무슨 소리예요?"

"진짜 악마는 따로 있다. 그 악마가 베소와 나를 완전히 망가뜨렸어."

노파는 가늘게 떨리는 손으로 보드카를 반 잔이나 마셨다. 아들은 난생처음 보는 어머니의 음주에 적잖이 당황했지만 내색하지 않았다. 어머니가 평생 숨겨 왔던 비밀을 막 풀려는 참이었다.

*

"이번에 가면 또 언제 돌아오니?"

"4년이요. 이번에는 탈출이 쉽지 않을 거 같아요."

거짓말이 아니었다. 사내는 이번에도 유배를 떠나는 척 하면서 탈출할 계획을 짜 놓았다. 하지만 황제의 비밀경찰은 탈출의 명수로 소문난 사내를 옥죄고 있었다. 뭐가 되었든, 비밀경찰에 잡혀 끌려가는 것보다는 스스로 유배지로 떠나는 편이 탈출에 유리했다.

"빌어먹을! 황제의 개 같은 비밀경찰."

사내는 어미를 안심시키려 이번 유형의 심각성을 말하지 않을 수도 있었다. 하지만 그는 영영 돌아오지 못할 분위기를 풍겼다. 두 번 다시 못 볼 외아들과의 마지막 밤에 비밀을 털어놓지 않을 어머니는 없을 것이다. 사내는 내심 어미의 마음속으로 침입한 보드카가 오래된 비밀들을 입 밖으로 내쫓아 주길 고대했다.

"시베리아 어디쯤이니?"

"투루한스크 변경주요."

"투루한스크?"

놀란 노파는 반쯤 남은 보드카 잔을 비워 버렸다.

"참나…… 운명이……."

비밀은 이미 목젖까지 올라왔다.

"왜요? 아시는 데예요?"

사내의 질문에 노파는 한참 동안 대답하지 않다가 뭔

가를 결심한 듯이 입을 열었다.

"투루한스크. 시뻘건 오로라가 드리운, 세상에서 가장 추운 곳이었지."

노파의 눈시울이 붉어졌다.

"거기에 사셨어요?"

"그래. 아주 예전이지. 툰드라는 일 년 내내 영하 50도 였다. 겨우내 오로라에 구걸하면 여름은 적선하듯이 잠깐 들러 줬어. 그 두 달짜리 여름에도 꽃은 피었다. 설화 와 붓꽃만이 숲속에……."

노파는 말을 잇지 못했다.

"제가 곧 갈 곳인데 계속해 보세요."

사내는 두 손을 모아 턱에 괴었다.

"예전 그곳에 유쥐나야라는 작고 오래된 마을이 있었 다. 그 마을의 한참 북쪽, 외진 숲속에 차르의 칙령으로 홀로드나야라는 마을이 새로 지어졌지."

홀로드나야

1858년, 니콜라이 황제의 장남인 알렉산드르 2세가 황권을 이어받은 지 4년째였다.

혹독한 시베리아 안에서도 소외된 투루한스크 변경주. 수은주마저 얼려 버릴 눈보라가 치던 날, 유쥐나야 마을에 황실 근위대가 갑자기 들이닥쳤다. 뒤이어 휘황찬란한 마차가 도착했는데, 거기에서 내린 사람은 황제였다. 유쥐나야의 유일한 의사이자 이장인 노인은 예고도 없이 찾아온 차르 앞에 머리를 조아리고 덜덜 떨었다. 그저 추운 지역에 거주하는 백성들의 삶을 둘러보러 왔다는 황제의 말은 이장의 떨림을 줄여 주지 못했다. 이장의 무릎은 너무 후들거려서 탈골 직전이었다. 그런데 무릎이 떨리기는 차르도 마찬가지였다. 겹겹이 입은 두꺼운 외투 아래로 올라오는 냉기를 견딜 수 없는 듯했다. 흔들거리는 무릎들 사이로 꼿꼿한 발걸음이 끼어들었다.

"떨지 말게, 이장. 이 마을을 백성의 낙원으로 만들려고 폐하가 여기까지 직접 오신 거네."

이장은 무너지듯 땅에 엎드려 절을 했다. 끼어든 무릎은 시베리아의 추위에도, 차르의 권위에도 전혀 떨지 않았다. 바로 이 사람이 대 러시아 제국의 황제를 외진 변방까지 데리고 온 장본인이었다.

리센코 후작. 스물 서넛 정도로 보이는 젊은 귀족은 밝은 표정에 맑은 눈빛이었다. 키가 작았지만 자세가 꼿꼿했고, 말 한마디 한마디에 자신감이 넘쳤다.

"마을 주변을 함께 돌아봅시다. 이장이 안내를 좀 해주게."

젊은 후작이 이장을 일으켰다.

차르 일행은 마차로 1시간 정도 떨어진 숲에 있는 빈 수도원을 마음에 들어 했다. 방치된 지 오래지만, 규모도 크고 꽤 쓸 만했다. 리센코 후작은 수도원 안과 주변의 숲을 구석구석 둘러보며 수첩에 꼼꼼히 메모했다.

"폐하, 이곳이야말로 제가 찾던 곳입니다."

"그래? 그럼 자네를 이곳의 군수로 임명하네. 짐의 기대가 매우 크네."

"네, 폐하 감사합니다. 저를 믿어 주십시오."

"그럼, 나는 너무 추워서 먼저 돌아가겠네. 황실에서 지원을 아끼지 않을 테니 잘해 보게, 리센코 후작."

차르는 옷깃을 여미며 서둘러 돌아갔다. 유쥐나야로 돌아온 리센코 후작은 회관에 마을 사람들을 모아 놓고 버려진 수도원을 자신의 거처로 삼을 테니 이른 시일 안에 깨끗하게 수리해 놓으라고 지시했다. 그리고 수첩을 꺼내 둘러봤던 수도원 주변의 지도를 그렸다. 수도원이 있는 언덕 아래로 제법 큰 개울이 개활지를 동서로 가르고 있었다. 후작은 개울의 동쪽에 통나무 마을을 지으라고 지시했다. 30명 정도가 지낼 수 있는 통나무집 10채, 창고 2채, 커다란 공동 작업장 1채, 공동 취사장 1채였다. 통나무집들 가운데에는 작은 광장이 있었고, 광장 한 편에는 개울과 연결된 커다란 저수지가 그려져 있었다. 후작은 마을을 빙 두르는 원을 그렸고 '토성'과 '말뚝'이라고 썼다.

24

"후작님, 마을 사람들이 전부 나서면 이 정도 통나무 건물들은 금방 만들 수 있습니다."

"좋네. 지금 내가 그린 거와 똑같은 마을을 냇가 맞은 편 서쪽에도 만들게. 쌍둥이가 마주 본 것처럼 똑같이."

후작은 이장에게 사람 머리만 한 묵직한 돈 자루를 던졌다. 엄청난 액수에 놀란 마을 사람들이 침을 삼켰다.

"나는 정확히 1년 뒤에 일행과 돌아오겠소. 그때 이 그림대로 되어 있으면, 마을 사람 모두가 각자 이만한 돈을 가져갈 겁니다."

후작은 수첩에서 그림을 그렸던 페이지를 뜯어 탁자 위에 올려놓고는 마차를 타고 떠났다.

마을 회관에 남은 주민들은 들썩였다. 갑작스러운 차르의 방문, 버려진 수도원 주변에 새 마을 건설 그리고 엄청난 액수의 돈. 사람들은 귀공자 같은 후작이 추운 숲 속에서 무엇을 하려는 것인지 도무지 알 수 없었다. 별의별 억측들이 난무하자 마을 나무꾼 중 우두머리가 상황을 정리했다.

"자자! 여러분, 뭐가 되었든 우리는 수도원을 단장하고 통나무집을 짓고, 토성과 말뚝 울타리를 올리고, 저수지를 파면 되는 거야. 그걸 똑같이 한 번 더하면, 우리는 큰 돈을 벌 수 있어. 황제의 후원을 받는 젊은 후작이 약속했잖아? 안 그래? 하자고. 하면 된다고. 그리고 오늘은 일단 보드카나 실컷 마십시다."

마을 사람들은 환호성을 질렀다.

"이보게! 만약 1년 안에 이 그림대로 완공되지 않으면, 차르와 후작이 약속한 자루 속에 돈 대신 우리 머리들이 들어갈 거야. 다들 정신 똑바로 차려!"

의사인 이장이 소리치며 마을 사람들의 정신머리를 바로잡았다.

유쥐나야 이장의 재촉과 감시하에 산속 마을이 신속하게 지어졌다. 후작은 이장의 편지로 공사 진행 상황을 보고 받았다. 5개월 뒤, 모스크바에서 귀공자 같은 대학생이 마을로 들어왔다. 공부를 많이 한 듯한 청년은 자신을 리센코 후작의 수석 연구원 바빌로프라고 소개했다. 그는 수도원과 통나무 오두막 공사 현장을 두루 둘러본 후, 이장에게 후작의 친서를 전달했다. 친서에는 공사 중인 산속 마을과 별도로 유쥐나야 안에 500명의 아이를 수용할 기숙 학교를 지으라고 적혀 있었다. 수석 연구원 바빌로프는 마을 사람들에게 거액을 전달하고 후작에게 돌아갔다. 바로 다음 날부터 온 마을 사람이 공사에 달려들었고, 불과 몇 달 만에 기숙 학교가 완공되었다.

황제와 후작이 다녀간 지 정확히 1년 후, 수도원과 개울을 가운데에 놓고 좌우가 똑같은 쌍둥이 마을이 완성되었다. 유쥐나야 사람들은 숲속의 새 마을을 '홀로드나야'라고 불렀다.

**

"어머니 고향이 유쥐나야예요?"

사내가 캐물었다.

"아니. 나는 내가 어디서 태어났는지 몰라. 시간이 한참 흐른 뒤에, 내가 한 살 때 홀로드나야에 들어왔다는 사실을 알게 되었지."

"그러면……."

"그래. 나는 버려진 고아였단다. 스물한 살까지 홀로드나야에 있었어. 네 아버지 베소를 만난 곳도 거기였단다."

"홀로드나야에는 도대체 누가 살았어요?"

아이들

　정확히 1년 후, 리센코 후작이 연구원들과 50명 정도의 군인을 이끌고 유쥐나야로 들어왔다. 후작은 이장이 정성스럽게 준비한 식사를 마치고, 마을 안에 완공된 기숙 학교를 꼼꼼하게 둘러보았다. 크게 만족한 후작은 집사인 샤토프를 불러 1년 전 약속한 금액을 이장에게 건넸다.

　후작 일행은 곧장 텅 빈 홀로드나야의 수도원으로 들어갔다. 군인들은 수도원에 짐을 풀자마자 동과 서 홀로드나야를 가로지르는 개울과 곳곳에 초소들을 만들고, 새로 지어진 쌍둥이 마을 전체를 높은 말뚝 울타리로 둘러쌌다.

　그 뒤로 한 달 동안, 수십 대의 마차와 수레가 후작과 일행의 짐을 싣고 홀로드나야로 들어갔다.

마차의 구석 그리고 수레의 한쪽에는 아이들이 서너 명씩 끼어 있었다. 아이들의 연령대는 바구니에 담긴 신생아부터 그 바구니를 들 만한 아홉 살까지였다. 제국 각지에서 모인 듯 인종, 눈빛, 머리카락 색이 제각각이었고, 모두 헐벗은 채로 심하게 울고 있었다. 짐꾼들과 마부들은 후작과 일행의 짐을 언덕 위 수도원에 내리면서 아이들도 내려놓았다. 수석 연구원 바빌로프의 감독하에 후작의 연구원들은 아이들의 신체를 꼼꼼하게 검사했다. 검사가 끝나고 서류가 완성되면 남자아이들은 군인의 인솔하에 동쪽 마을로, 여자아이들은 하녀의 손을 잡고 서쪽 마을로 내려갔다.

그렇게 동쪽 홀로드나야에는 250명의 남자아이가, 서쪽 홀로드나야에는 250명의 여자아이가 들어왔다. 동서 쌍둥이 마을은 폭이 넓은 개울로 완전히 분리되어 있었다. 개울에 나무다리가 하나 있었지만, 초소가 있어서 아이들은 다리를 건널 수 없었다. 다리를 건너지 않고 반대편으로 가는 방법은 한참 떨어진 언덕 위의 수도원을 통하는 방법밖에 없었다.

한 달이 지나서야 리센코 후작은 수석 연구원 바빌로프와 연구원 네 명 그리고 군인 다섯 명을 데리고 유쥐나야 마을로 내려왔다. 그는 회관에 모인 주민들에게 앞으로 기숙 학교는 수도원에서 내려온 아홉 명이 순환하며 운영할 것이라고 했다. 한 명 한 명을 소개한 리센코 후작은 기숙 학교 설립 목적을 이야기했다.

"유쥐나야의 번성을 위해서는 우선 젊은 인구가 늘어나야 합니다. 그래서 제가 황제의 칙령을 받아 페테르부르크의 여러 고아원을 통째로 옮겨 오기로 했습니다. 이전 경비는 물론 앞으로의 운영 비용까지 모두 황실에서 부담하기로 했습니다. 황제 폐하는 군수인 저에게 이 아이들을 잘 교육해서 유쥐나야의 듬직한 일꾼과 아리따운 처녀로 키우라고 명하셨습니다."

주민들은 당장 마을에 득이 될 게 없는 기숙 학교에 갸우뚱했지만, 황제의 명령이라는 말에 우선 손뼉부터 쳤다.

리센코 후작의 말대로 다음 날부터 한 달 동안 거센 눈보라를 뚫고 약 500명의 아이들이 연이어 기숙 학교로 들어왔다.

**

"아니, 그 기숙 학교는 뭐예요?"

사내가 의자를 당겨 앉았다.

"그때는 나도 몰랐지. 나는 죽 홀로드나야에만 갇혀 있었거든."

"거기서의 생활은 어떠셨어요? 수용소 같은 건가요?"

사내도 보드카를 한 잔 마셨다. 어머니의 이야기가 겉돌고 있다는 느낌을 받았으나 자신도 모르는 사이에 홀로드나야에 빠져들고 있었다.

"아니 전혀. 홀로드나야는 화목한 여학교이자 즐거운 공동체였어. 추웠지만 행복했어. 서홀로드나야에서 가장 나이 많은 사람이 나보다 여덟 살이 많은 언니였어. 우리는 모두 고아였고, 어려서 그곳에 들어와 갇혀 지냈기 때문에 세상이 전부 홀로드나야 같은 줄 알았지. 그래서 그곳이 특별하다는 것을 전혀 알 수 없었어. 그나마 예닐곱 살이 넘어서 들어온 아이들은 홀로드나야 이전의 삶을 기억했지만, 그마저도 몇 년 만에 희미해졌지."

"그곳의 특별한 점이 뭔데요?"

입수 기도

홀로드나야는 남아 250명, 여아 250명의 '아이들 마을'
이 되었다.

아이들은 1부터 10까지 번호가 붙은 오두막에 25명씩
함께 생활했다. 리센코 후작은 다양한 연령대의 아이들
을 고르게 섞어 놓았다. 가장 나이가 많은 아이가 방장
을 맡았고, 제법 큰 아이들은 갓난아이들을 돌봤다. 입
주 초창기에는 서로 뒤엉켜 소란이 끊이지 않았다. 그래
서 수도원의 하녀들과 군인들이 사감처럼 기강을 잡아
야만 했다. 한 번 버려졌던 아이들은 무서운 어른의 말을
잘 따랐다. 그렇게 몇 주 만에 나이순으로 위계와 질서가
잡혔고, 이어서 친형제, 친자매처럼 오손도손 지내게 되
었다.

250명이 모두 들어갈 수 있는 공동 작업장은 오전 3시
간, 오후 2시간 동안 학교가 되었다. 수도원의 연구원들

이 조를 짜서 아이들에게 기본적인 읽기와 쓰기 그리고 산수와 성경을 가르쳤다. 수업 이외의 나머지 일과 시간에는 각자 나이에 맞는 일을 배웠다. 남자아이들은 군인들로부터 낚시, 사냥, 나무 베는 법, 집 짓는 법 같은 기술을 익혔고, 여자아이들은 하녀로부터 빨래, 바느질, 요리, 아이 돌보기 등을 배웠다.

군인과 하녀 그리고 후작의 연구원들 모두 가여운 아이들을 사랑으로 돌봤다. 특히 아이들의 식사에 신경을 많이 썼다. 수도원의 하녀들이 500명분의 식사를 만들어 직접 배급했는데, 순록 고기와 연어 그리고 각종 영양소가 골고루 가미된 맛있는 식사가 배불리 제공되었다.

홀로드나야의 차르인 리센코 후작은 심성이 바르고 똑똑한 사람이었다. 보통 사람들은 머리가 비상하면 성질이 못됐고, 성격이 좋으면 바보 천치라고 생각하는 경향이 있는데, 리센코 후작은 최고로 성질이 못된 바보 천치의 대각선 끝에 있는 사람이었다. 그는 아이들을 무척 아껴서, 일주일에 한두 번 정도 남자아이들의 동홀로드나야와 여자아이들의 서홀로드나야를 오가며 직접 수업을 진행했다. 리센코 후작은 항상 수첩을 가지고 다니며 꼼꼼하게 메모하는 습관이 있었다. 몇 달이 지나자 후작은 수첩 없이도 500명 아이들의 이름과 나이는 물론 특징까지 모조리 외워 버렸다.

리센코 후작은 홀로드나야 아이들의 아버지였다. 그곳은 외지고 추웠지만, 500명의 아이들은 후작의 보살핌 안에서 무척 행복했고, 무럭무럭 자라났다.

*

동토의 땅 시베리아 안에서도 유난히 춥다는 투루한스크. 그 툰드라에서도 매서운 한파로 유명한 유쥐나야. 그 마을의 외곽, 깊은 산속에 고립된 홀로드나야. 그곳은 남녀가 철저하게 분리되어 있고, 아이들만 살고 있다는 것은 유쥐나야 마을 사람들도 알고 있었다. 하지만 홀로드나야의 아이들이 어떤 삶을 살고 있는지는 그 누구도 알지 못했다.

살을 에는 추위 속에서도 아이들은 얇은 속옷만 입고 생활했다. 그리고 매일 아침 7시와 저녁 7시에 한 명도 빠짐없이 광장의 저수지에서 '입수 기도'라는 특별한 의식을 치러야만 했다. 하루도 거르지 않고 진행되는 저수지 입수는 후작과 수도원의 모든 인력이 지켜보는 가운데, 마치 미사 집전처럼 엄격하고 경건하게 진행되었다. 입수 10분 전에 아이들은 저수지 경계를 따라 둥그렇게 늘어

섰다. 아이들의 뒤에는 늘 군인들과 하녀들이 지키고 있었다. 7시에 언덕 위 수도원의 종이 울리면 도열한 아이들이 차디찬 물속에 몸을 담갔다. 제법 큰 여덟아홉 살의 아이들은 한두 살의 아이들을 구멍이 숭숭 뚫린 일명 '구멍 바구니'에 넣은 다음 함께 입수했다. 큰아이들은 목만 물 밖으로 나올 정도의 깊이까지 들어갔고, 안고 있는 구멍 바구니를 기울여서 안의 아이를 찬물에 푹 적셨다. 그 상태로 10분을 버텨야만 했다. 저수지 위에 떠 있는 250개의 머리에서 울음과 신음이 터졌지만, 목젖에도 고드름이 열리는 강추위가 그 비명마저 얼려 버렸다.

입수 기도 중에 후작과 연구원들은 저수지 주변을 돌며 아이들의 상태와 체온 변화 그리고 버티는 시간을 꼼꼼하게 메모했다. 10분을 채워야만 페치카가 있는 오두막으로 돌아가 몸을 녹이고 식사할 수 있었다. 10분을 채우지 못하고 저수지에서 뛰쳐나오는 아이는 불을 쬘 수는 있었지만, 배식을 받지는 못했다. 15분 이상을 버틴 아이에게는 칭찬과 함께 고기와 생선 같은 특별식이 제공되었다.

제대로 된 세상과 정상적인 가정을 경험해 보지 못한 아이들에게 홀로드나야의 폐쇄된 집단생활과 저수지 입수는 이상할 것 하나 없는 일상이었다. 아이들은 천진난

만했다. 이곳 아이들에게 세상은 원래 추운 곳이었고, 오두막은 그 추위를 피할 수 있는 곳이었으며, 저수지 입수는 그저 괴롭고 지루한 미사였다.

*

유난히도 추웠던 어느 날 아침, 아이들은 부지런히 얼어붙은 저수지의 얼음을 깼다. 이윽고 7시 종이 울리자 단체 입수가 시작되었다. 짙은 물안개와 아이들의 입김이 엉겨서 서리가 되었고, 이 얼음 가루는 날숨에 나부끼다가 수면 위로 추락했다.

여느 때와 같이 여덟 살 소녀 안나는 같은 오두막의 한 살배기 케케를 구멍 바구니에 넣고 함께 얼음 구멍으로 들어갔다. 5분 정도 지났을 때 입수를 감시하던 하녀 한 명이 소리쳤다.

"여기요! 도와줘요! 안나가 이상해요."

안나는 고개가 뒤로 젖혀진 채 가슴만 수면 위에 떠 있었다. 방한복으로 무장한 건장한 군인들도 벌벌 떠는 강추위였다. 누구도 저수지 속으로 들어갈 엄두를 내지 못했다. 그때 동홀로드나야 쪽에서 개울의 나무다리를 건너 후작이 뛰어왔다. 그는 달려온 속도 그대로 저수지에 뛰어들었다. 후작은 하얗게 얼어 버린 안나를 저수지 밖으로 끌어냈지만, 소녀는 이미 딱딱하게 굳어 있었다.

"케케가 안 보여요! 바구니가 없어요!"

저수지 안에 있던 다른 소녀가 후작에게 소리쳤다. 후작은 다시 물속으로 뛰어들었다. 안나를 꺼냈던 위치에서 다시 잠수했지만, 아기와 바구니를 찾을 수 없었다. 그때 케케와 같은 오두막의 방장인 아홉 살의 나타샤가 용감하게 머리를 물속으로 처박았다. 그러길 서너 번 한 끝에 나타샤는 저수지 바닥에서 하얀 얼음덩어리 같은 케케를 건져 냈다.

후작은 곧바로 케케를 가슴에 안고 뭍으로 올라왔다. 하녀들은 아직 숨이 붙어 있는 케케를 담요로 싸서 오두막으로 달려갔다. 군인들이 얼어붙고 있는 리센코 후작에게 담요를 걸쳐 주었다. 후작은 그 담요로 이미 죽은 안나의 몸을 감싸고 찬 물기를 닦으려 세차게 문질렀다. 하지만 물기 대신 소녀의 흰 살점들이 얼음 조각과 함께 뜯겨 나갔다. 그는 실성한 장님처럼 담요로 어린 생명의 몸을 미친 듯이 문질렀다. 연구원들은 후작에게 안나는 심장 마비로 이미 사망했다고 속삭였다. 동작을 멈추고 멍하게 차가운 덩어리를 바라보던 후작은 안나의 이마에 키스했다. 그리고 소녀의 주검을 담요로 덮어 양손으로 들고 일어났다.

리센코 후작은 홀로 수도원을 향해 천천히 걸었다.

　죽은 소녀를 안고 언덕을 오르는 리센코 후작의 뒷모습은 모두에게 강한 인상을 남겼다. 때마침 트기 시작한 동이 후작의 젖은 등에서 으스스하게 피어오르는 냉기를 따스한 아지랑이로 바꿔 놓았다. 그 모습은 놀랍도록 장엄했다. 차디찬 저수지에 몸을 담근 채 마비된 숨을 몰아쉬던 아이들은 멀리 언덕을 오르는 후작의 뒷모습에서 성경 시간에 배웠던 어떤 장면을 떠올렸다. 그것은 따듯하고 성스러운 아픔이었다. 이때부터 홀로드나야 아이들은 '얼어 죽다', '주님의 품에 안기다'라는 말 대신 '언덕에 오른다'라는 표현을 쓰기 시작했다.

＊

　다행히 케케는 무사했다. 리센코는 수도원에 연구원들과 군인들을 모아 놓고 5세 미만의 아이들은 하루에 한 번만 입수하라고 지시했다. 이후, 동홀로드나야의 5세 미만 소녀들은 오후 7시에만 입수했고, 서홀로드나야의 5세 미만 소녀들은 오전 7시에만 입수했다.

　양보할 수 없는 엄격함과 안타까운 희생 사이에서 고뇌하던 후작은 아이들의 고통을 분담하기로 결심했다.

위급한 상황에 바로 대처하기 위해, 후작은 매일 아침에는 소녀들과 저녁에는 소년들과 함께 속옷 바람으로 입수했다. 바빌로프를 비롯한 연구원들과 군인들이 한사코 만류했지만, 후작은 앞으로 계속 자신을 말린다면 매번 3명씩 대동해서 입수하겠다고 엄포를 놓았다. 그러자 아무도 입수를 말리지 못했다. 이후, 리센코는 자신과 한 약속을 하루도 거르지 않고 지켰다. 후작은 홀로드나야 아이들의 아버지이자 차르였다.

이런 노력에도 불구하고 홀로드나야 건립 후 3년간, 14명의 소년과 32명의 소녀가 후작의 젖은 품에 안겨 언덕에 올랐다.

＊＊

"아홉 살짜리 나타샤가 저수지 바닥에서 꺼내 온 케케가 바로 나란다."

이제는 노파가 된 갓난아이가 말했다.

"그때 어머니가 한 살이었는데, 그 일을 누구에게서 들었어요?"

사내는 파이프에 불을 붙였다.

"믿을 수 없겠지만, 내가 그 저수지 바닥에 가라앉았던 게 희미하게 기억이 나."

"말도 안 되는 소리 마세요."

사내가 한쪽 입술을 올려 웃음과 담배 연기를 함께 내보냈다.

"그래. 못 믿겠지. 아무튼, 이 일은 나중에 내가 컸을 때, 나를 구해 준 나타샤 언니에게 자세하게 들었어. 후작은 영하 50도의 차가운 물에 가라앉은 한 살짜리 아기가 어떻게 죽지 않고 버틸 수 있었는지 몹시 신기해했어. 그때부터 모두가 나를 '기적의 케케'라고 불렀지."

"기적이고 나발이고, 그 리센코라는 작자는 도대체 뭐하는 사람이에요? 그 춥고 외진 곳에서 고아들을 데리고 뭘 하려고 했던 거예요?"

담배 연기가 밤 서리처럼 테이블 위에 깔렸다.

"저것들."

늙은 케케는 선반 위에 놓인 먼지가 켜켜이 쌓인 책들을 가리켰다.

"너 다 읽었다고 그랬지? 언제였더라…… 네가 신학교 다닐 때였나?"

후작과 차르

리센코는 1835년 우크라이나의 몰락한 귀족 가문에서 태어난 영재였다. 네 살 때 문법과 대수를 뗄 정도로 그 영특함은 일찌감치 발현되었다. 빈농이나 다름없었던 리센코의 부친은 영주에게 어린 아들을 소개했고, 영주는 곧바로 니콜라이 황제에게 소년을 데리고 갔다. 7개 국어를 하는 일곱 살짜리 꼬마의 엄청난 독서량, 놀라운 암산 능력에 눈이 휘둥그레진 차르는 흔쾌히 리센코의 조기 유학 비용을 지원하기로 약속했다.

영재 리센코는 서유럽의 여러 과학자 밑에서 조수로 일하며 기초 이론을 습득했다. 열다섯 살 무렵, 최신 학문이었던 박물학으로 진로를 결정하고, 이 분야의 저명한 스승을 찾아 영국과 프랑스는 물론 오스트리아를 몇 년 단위로 돌아다녔다. 청년 리센코는 당시 유럽 학계를 뒤흔들고 있었던 유전학과 진화론에 집중했다.

스물두 살이 되던 해에 리센코는 자신만의 획기적인 이론을 정립했고, 이를 실현하기 위해 러시아로 돌아왔다. 하지만 그에게 전폭적인 후원을 해 주었던 니콜라이 황제가 죽고, 아들인 알렉산드르 2세가 새로운 황제에 올라 있었다. 젊고 정력적인 황제는 개혁을 통해 강력한 러시아를 만드는 데 혈안이 되어 있을 뿐 과학 따위에는 전혀 관심이 없었다. 명민한 리센코는 차르의 부국강병에 대한 열망을 공략하기로 했다. 그리고 여러 차례 알현을 신청한 끝에 겨우 차르를 만날 기회를 잡았다.

*

알렉산드르 황제는 리센코를 저녁 식사 자리에 초대했다. 만나자마자 젊은 군주는 유전학에 관해 설명해 보라고 명했다. 리센코는 거듭된 근친결혼으로 인한 합스부르크 왕가의 주걱턱을 이해하기 쉽게 설명했지만, 황제는 시큰둥했다. 혈우병의 끔찍한 유전성에 대해서도 경고했지만, 젊은 차르는 대꾸도 안 하고 식사만 계속했다.

"폐하, 프리드리히 대제의 근위병 이야기를 아십니까?"

리센코는 작전을 바꿔 프로이센의 프리드리히 대제의 늠름한 근위병 이야기를 꺼냈다. 로마노프 왕가는 개혁과 철권통치로 프로이센의 위세를 만천하에 떨친 계몽

군주 프리드리히 대왕을 대대로 존경했다.

"어렸을 때 큰아버지와 아버지로부터 그 근위병의 위용을 수도 없이 들었네. 모두가 하나같이 키가 무척 크고 어깨가 떡 벌어져서 전쟁의 군신 아레스 복제품 500개를 보는 것 같았다고 말씀하셨지."

젊은 황제는 잠시 포크와 나이프를 놓고 리센코에게 귀를 기울였다.

"네. 그런데 그 무적의 근위대들은 모집한 것이 아니라 만들어진 것입니다."

"뭐라고? 자세히 설명해 보게."

황제는 깍지를 끼고 턱을 받쳤다.

"아시다시피, 프리드리히 대제는 키가 큰 병사로만 구성된 멋진 근위대를 거느리고 싶어 했습니다. 그래서 키 큰 병사들을 따로 모아 키가 크고 튼튼한 여자와 강제로 결혼시켰습니다. 그리고 둘 사이에서 나온 아들만 뽑아 만든 것이 바로 프리드리히 대제의 근위대입니다."

"신기하군. 하지만 시간이 오래 걸렸을 거 같은데?"

"물론입니다. 아이가 크는 시간이 있으니까요. 하지만 그 근위대들이 또 다른 키 큰 여자들과 결혼한다고 생각해 보십시오. 다음 세대에 군신 아레스 같은 병사들이 기하급수적으로 늘어날 겁니다. 이걸 몇 번만 반복한다면……."

"오호! 프로이센의 모든 병사, 아니 모든 백성이 큰 키와 좋은 체력을 가지게 되겠군!"

"그렇습니다. 그게 바로 제가 공부하고 돌아온 유전학입니다."

"기발한 생각이야! 기발해! 신기해!"

알렉산드르 황제는 손바닥으로 식탁을 내리쳤다.

"그 학문대로라면 키 큰 병사들은 절대로 키가 작고 허약한 여자와 결혼해서는 안 되겠군. 내 말이 맞나?"

"폐하, 역시 이해가 빠르십니다."

"무척 흥미롭네. 그래서 자네가 하고 싶은 것이 무엇인가?"

그제야 차르는 청년 리센코의 꿰뚫는 시선을 주시했다.

"폐하에게 추위를 타지 않는 러시아 백성들을 만들어 올리고 싶습니다."

차르 알렉산드르 2세는 다시 한번 손바닥으로 식탁을 호탕하게 내리쳤다. 그는 소리를 듣고 달려오는 시종장에게 이후 일정을 모두 취소하라고 지시했다.

"내 서재로 가세. 한잔하면서 더 자세히 설명해 주겠나?"

서재에서 리센코는 유전학의 원리를 황제에게 설명해 주었다. 그리고 황제의 큰아버지 알렉산드르 1세 시절,

약 45년 전에 있었던 나폴레옹 전쟁 이야기를 꺼냈다. 리센코는 1812년에 풍전등화의 러시아를 지켜 낸 것은 제국의 군사력이 아니라 러시아의 겨울이었다고 강조했다. 리센코는 러시아 백성이 프로이센, 프랑스, 몽골, 오스만 등 다른 인종보다 추위를 더 잘 견디는 능력을 갖춘다면, 앞으로 어떤 외세의 침입도 거뜬히 물리칠 수 있다고 힘주어 말했다.

"나는 프리드리히 근위대보다 더 늠름하고, 더 강력한 백성들을 갖게 되는 건가?"

"네, 폐하. 제 최종 목표는 폐하의 모든 백성과 그 자손들이 속옷 바람으로 시베리아를 뛰어다니게 하는 것입니다."

추위에 떨지 않는 러시아 백성, 강추위에 굴하지 않는 제국의 군대. 차르는 리센코의 원대한 계획에 완전히 매료됐다. 자신만만해진 리센코는 자신의 유전학 이론을 실천에 옮길 연구 자금을 요청했다. 차르는 그 자리에서 리센코에게 후작 작위를 내렸다. 그리고 실험에 필요한 모든 행정적, 재정적 지원을 약속하면서 20년의 기한을 주었다.

"딱 20년이야. 그때까지 성과가 없다면……"

젊은 황제의 모든 권위가 부릅뜬 눈으로 모였다.

"제 목을 내놓겠습니다."

벼락 후작의 음성은 천둥이었다.

"그러지. 그런데, 실험에 적당한 곳은 물색해 봤나?"

"네. 제국에서 가장 추운 곳. 투루한스크가 좋을 것 같습니다."

"당장 같이 가 보세."

**

선반 위에는 찰스 다윈의 《종의 기원》,《인간의 유래와 성 선택》, 그레고어 멘델의 《식물 잡종에 관한 실험》, 프랜시스 골턴의 《유전적 재능과 특징》,《쌍둥이의 역사》,《유전적 천재》 같은 과학 서적이 폐지처럼 죽어 있었다. 소설책도 몇 권 있었는데 도스토옙스키의 《악령》, 빅토르 위고의 《바다의 노동자》, 안톤 체호프의 짧은 작품들 그리고 카즈베기의 《부친 살해자》였다.

사내는 파이프 담배를 물고 일어나 책에 쌓인 수북한 먼지를 털어 냈다.

"리센코 후작은 아이들을 데리고 유전학, 우생학을 실험했던 건가요?"

"그래. 후작은 우리에게, 아니 더 정확하게는 홀로드나야의 아이들이 낳을 자식들에게 어떤 형질을 장착하려고 했어."

"추위를 견디는?"

"리센코 후작과 바빌로프 연구원은 그걸 '한랭 내성'이라고 불렀다."

사내는 어이없는 표정을 지으며 책들을 훑어봤다. 노파는 천천히 일어나 아들의 빈 그릇을 치우고 장작 몇 개를 페치카에 넣었다.

"이 책들, 예전에 제가 신학교 다닐 때 읽은 것들이네요."

"에휴, 너는 신부님이 돼야 했어. 그랬다면 지금 시베리아가 아니라 바티칸으로 갔을 텐데……."

노파는 20년짜리 한숨을 내쉬었다.

"너무 좋아서 읽기를 멈출 수가 없었어요. 결국 이 책 때문에 신학교를 때려치웠지만."

사내는 다윈의 《종의 기원》 표지에 묻은 뿌연 먼지를 옷깃으로 닦아 내고는 테이블 위에 올려놓았다.

"그건 왜? 가져가려고?"

"유배지에서는 시간이 참 더디게 가거든요."

사내는 다시 선반으로 가 표지가 해진 책을 꺼냈다. 늙어 주름진 양장 표지에는 가죽 냄새도 제목도 지워져 있었다. 페이지를 넘기자, 속표지에 '동물 철학─장 바티스트 드 라마르크'라고 큼지막하게 인쇄되어 있었다.

"그 책은 리센코가 늘 끼고 다니던 책이었다."

사내는 속표지에 쓰인 글씨를 자세히 살펴보았다. 인쇄된 제목 하단에는 갈겨쓴 글씨로 '획득 형질은 유전된다!'라고 적혀 있었다. 커다란 느낌표의 수직선은 확신에 차 있었고, 느낌표의 점 부분은 펜촉에 뚫려 있었다. 그 아래에는 다음과 같은 서명이 낙인처럼 박혀 있었다.

'1856년 – L.'

라마르크 – 획득 형질의 유전

19세기 중반, 유럽에서 유전학은 한낱 가설에 불과했지만, 이에 대한 관심과 연구는 매우 뜨거웠다. 각국의 학술원에서 수많은 논쟁이 오갔고, 대립한 이론들 간의 열띤 설전이 계속되었다. 동시에, 서서히 대두된 진화론은 교회로부터 거센 반발에 부딪혔다. 하지만 교회의 공격이 심해질수록 과학자들은 신의 부재를 반항하듯 증명해 내고 있었다.

연구원 시절 리센코는 당시 유럽에서 태동하고 있던 유전학의 최신 지견을 빠르게 흡수하고 있었다. 특히, 용불용설用不用說로 유명한 프랑스의 과학자 라마르크의 이론에 완전히 매료되었다. 리센코와 많은 과학자들은 라마르크의 '획득 형질의 유전'에 집중했는데, 그것은 '특정 환경에 적응하기 위해 부모 대代가 노력하여 체득한 특징은 점진적으로 자손 대代에 유전된다'라는 진화 이론이었다. 유명한 예로, 기린이 높은 곳에 열린 열매를 따 먹으려고 목을 뻗는 노력을 지속하여 더 긴 목을 '획득'했고, 부모 대의 '길어진 목'이라는 '형질'이 자손에게 '유전'되어 지금과 같이 긴 목의 기린이 되었다는 식이다.

리센코가 스물한 살이 되던 1856년, 자신만의 확고한 이론을 완성한 그는 내로라하는 유전학자들의 책을 모두 덮어 버렸다. 그는 세계 최초로 라마르크의 '획득 형질의 유전'을 인간에게 적용해 보기로 결심했다.

*

영국에 머물렀던 리센코는 '일란성 쌍둥이'와 '천재의 혈통' 연구의 권위자인 유전학자 프랜시스 골턴을 무작정 찾아갔다. 마침 골턴은 '천재성의 대물림'을 주제로 영국의 한 판사 가문을 연구하던 중이었다. 당돌한 리센코는 자신이 확립한 이론을 대학자인 골턴에게 내밀었다. 골턴은 리센코보다 열네 살이나 많았지만, 젊은 러시아 천재가 들고 온 새로운 이론에 큰 관심을 보였다.

골턴은 리센코의 이론이 '법칙'으로 성립하려면, 반드시 실험적 증명과 과학적 통계가 수반돼야만 한다고 조언했다. 그는 자신이 직접 고안한 통계학을 전수해 줄 수 있지만, 인간을 대상으로 하는 유전 실험은 시간적, 윤리적, 재정적 문제로 시도 자체가 힘들 거라는 쓴소리도 했다. 하지만 리센코는 든든하게 믿는 구석이 있었다. 그는 골턴에게 통계학을 전수해 준다면 향후 자신의 유전 실험 자료와 결과를 조건 없이 넘기겠다는 제안을 건넸다. 골턴은 젊은 천재의 맹랑한 제안을 흔쾌히 승낙했고, 리센코는 한 달 만에 골턴의 통계학을 완전히 자신의 것으로 만들었다.

1857년, 유학길에 올랐던 일곱 살의 신동은 스물두 살의 천재 생물학자로 진화했고, 조국의 추위를 몰아낼 비책을 들고 당당하게 러시아로 돌아왔다.

* *

"인간을 개조하려는 발상 자체가 너무 터무니없어서 헛웃음만 나네요. 인간은 안 변합니다. 인간이 아니라 세상을 바꿔야 해요. 차르나 귀족같이 역겨운 계급을 투쟁과 혁명으로 뒤엎어서, 새로운 세상을 만들어야 해요."

사내는 갑자기 열을 올렸다. 목이 탔는지 보드카를 물처럼 마시고는 다시 잔을 채웠다.

"나 같은 늙은이에게는 네가 살인에, 납치에, 은행 강도까지, 온갖 악당 짓을 다 하면서까지 떠받드는 그 세상이 더 터무니없구나."

"어머니는 그런 식으로 차르와 귀족들에게 착취당하는 데 익숙해진 거예요. 아니, 세계의 백성들이 전부 다 개처럼 길든 거라고요! 싸우지 않으면 절대로 바뀌지 않아요!"

사내는 테이블을 손바닥으로 내리쳤다.

"나는 도통 무슨 말인지 모르겠구나."

"어린 케케, 처녀 케케는 빌어먹을 차르와 과대망상증에 걸린 귀족의 말도 안 되는 한랭 내성 실험의 희생양이 된 거잖아요?"

"아니야. 나쁘게만 생각하지 말아라. 고아였던 우리는 차르와 후작이 아니었으면 분명 어디선가 굶어 죽거나, 얼어 죽었을 거야."

"지금도 아무 죄 없는 아이들이 굶어 죽고, 얼어 죽는 건 다 차르와 귀족들이 자본을 독차지하고 있기 때문이라고요!"

사내의 이마에 핏줄이 울컥거렸다.

"그래. 네 말이 맞는다손 치더라도 그때 우린 어렸고 또 갇혀 있었기에 그런 고매한 생각을 할 줄 몰랐다. 오히려 세상을 몰랐기에 더 행복했는지도 모르지. 홀로드나야 안에서는 모두가 평등했거든."

"어머니, 그건 평등이 아니에요."

사내는 어머니를 비웃었다.

"뭐가 되었든 간에 어린 우리는 홀로드나야 안에서 행복했단다."

"행복? 나 참……."

사내는 고개를 돌려 헛웃음을 터뜨렸다.

"여느 사람 사는 곳처럼 사랑도 있었지."

"홀로드나야에서 아버지 베소를 만난 거예요?"

흥분을 가라앉힌 사내가 물었다.

"그래, 난 아직도 그날을 똑똑히 기억해."

나타샤의 결혼식

케케의 기억, 그 낡고 두꺼운 책의 맨 첫 장은 아홉 살 소녀의 설렘이었다.

1867년의 어느 날, 홀로드나야가 생긴 지 9년째 첫 결혼식이 열렸다. 케케의 기억은 이날의 떨림을 설렘으로 기록했다.

소녀들은 여느 때와 똑같이 아침 7시 입수 기도를 마치고 젖은 몸을 말리려 통나무 오두막으로 총총 뛰어 들어갔다. 모두 바들바들 떨었지만, 하나같이 들떠 있었다. 케케가 살던 3번 오두막의 방장이자 열일곱 살로 가장 나이가 많은 나타샤가 동홀로드나야의 동갑내기 청년과 결혼하는 날이었다. 매일 똑같은 홀로드나야였기에 처음 맞이하는 결혼식은 축제의 날이었다.

동서 홀로드나야는 개울로 완전히 분리되어 있어서 소녀들이 평생 본 남자라고는 리센코 후작과 연구원들 그리고 보초 군인들처럼 옷을 입은 어른들이 전부였다. 신부 역시 신랑의 얼굴을 본 적이 없다. 이러한 단절이 신부의 수줍은 불안함을 붉게 만들었고, 여동생들의 상상력에 불을 지폈다. 들뜬 분위기는 영하 50도의 붉은 수은주를 끓어 올렸다. 모닥불 야영처럼 신부를 중심으로 둘러앉은 소녀들은 신랑에 관한 추측으로 달아올랐다. 확실한 건 새신랑은 열일곱 살로 나타샤와 동갑이라는 것과 동홀로드나야에서 가장 추위를 잘 참는 '한랭 내성 챔피언'이라는 것이 전부였다. 새신부 나타샤 역시 영하 50도의 입수 기도에서 50분을 버틴 서홀로드나야의 챔피언이었다. 이에 소녀들은 하루라도 빨리 낭군을 만나려면 입수 기도를 더욱 열심히 해야 한다는 결론에 도달했다.

재잘거리는 소녀들의 틈바구니에서 케케는 홀로 침울했다. 케케는 맏언니이자 엄마나 마찬가지였던 나타샤를 뺏기기 싫었다. 3번 통나무 오두막의 방장과 막내인 둘은 각별했다. 8년 전 '기적의 케케' 사건 때, 칼날 같은 저수지 바닥으로 잠수해 익사 직전인 케케를 건져 낸 소녀가 바로 나타샤였다. 가여운 갓난아기 케케는 한창 인형과 소꿉놀이를 좋아할 아홉 살 소녀 나타샤의 모성애를 끄집어냈다. 그때부터 나타샤는 케케를 업어 키우다시피 했다. 아홉 살 소녀의 등에 찰싹 붙어 있던 케케는 걸음마와 함께 엄마의 왼쪽 다리에 들러붙었고, 제법 크자 번쩍 든 오른손으로 언니의 왼손을 놓지 않았고, 다리가 베짱이만큼 길어지자 나타샤의 팔짱을 독점했다. 그렇게 케케는 아홉 살이 되었다.

결혼식이 다가오자, 영특한 케케는 자기의 전부인 나타샤의 팔짱을 낯선 남자에게 넘겨줘야 한다는 것을 깨달았다. 케케는 아홉 살이라는 자기 나이를 가만히 곱씹었다. 나타샤처럼 저수지에 빠진 아이를 구하지는 못할망정 최소한의 어른은 되어야겠다고 다짐했다. 이를 앙다물었지만 목구멍에서 솟아난 주먹이 입천장을 지그시 눌렀다. 결국, 소녀들의 수다로 속옷의 물기가 다 날아갈 때쯤 케케가 울음을 터뜨렸다. 나타샤는 아무 말없이 케케를 향해 양팔을 벌렸다. 아홉 살 소녀는 후드득 눈물을 뿌리며 부푼 온기로 가득한 새신부의 품을 파고들었다.

그때, 얇고 네모난 나무 상자를 든 후작의 하녀가 커다란 미소를 지으며 3번 통나무 오두막으로 들어왔다. 케케의 울음으로 잠시 가라앉았던 소녀들은 언제 그랬냐는 듯 나무 상자로 몰려들었다. 그 안에는 눈보다 하얀 드레스가 들어 있었다. 일 년 내내 단벌 원피스 바람으로 살아왔던 소녀들은 난생처음 보는 긴 옷에 눈이 휘둥그레졌다. 제대로 된 옷을 입어 본 적 없는 나타샤가 난감해하자 하녀가 드레스를 입혀 주었다. 소녀들이 어색해하는 언니에게 앞다투어 소감을 물었다. 거의 10년 만에 입어 보는 긴 소매와 긴 치마에 나타샤의 체온이 데워졌다.

"아…… 이것은…… 무척 따듯해……."

소녀들이 기대했던 동화 속 공주님의 행복에 겨운 대사가 아니었다. 그것은 단지 피부의 안도였다.

"나타샤! 아름답구나. 세상에서 가장 예쁜 신부야!"

후작의 하녀가 나타샤를 보며 감탄했다. 소녀들은 다섯 시간 뒤면 정체가 드러날 '모두의 형부'를 향한 호기심을 즐기며 '최초의 신부'를 꾸미는 데 열중했다. 다시 훈훈해진 분위기에 케케도 울음을 그쳤다. 나타샤 언니의 행복을 위해서라면 당장 심장이라도 내주고 싶었지만, 무엇을 해야 할지 몰랐다.

"꼬마 숙녀 케케. 나를 위해 화관을 만들어 줄래?"

천사 같은 나타샤가 허리를 굽혀 케케의 이마에 키스했다. 울먹이는 눈으로 고개를 끄덕인 꼬마 숙녀는 서둘러 밖으로 달려 나갔다.

*

　홀로드나야 안에는 한랭 내성을 획득해 살아남은 들풀만 듬성듬성 있었다. 억세고 차가운 들풀은 새신부 나타샤가 아니었다. 케케는 고개를 들었다. 홀로드나야와 수도원 사이에 놓인 흰 숲에 붉은색과 보라색이 꽂혀 있었다. 흰 숲은 가서는 안 되는 말뚝 울타리 너머의 세상이었다. 그곳은 '밖'이자 '금기'였다. 하지만 케케는 홀로드나야에 갇혀 있는 엉겅퀴 같은 들풀을 화관으로 쓰면 나타샤가 시들어 죽을 거라 확신했다. 케케는 담을 넘기로 마음을 굳혔다.

　케케는 통나무 오두막 뒤 그늘에서 군인들의 교대 시간을 기다렸다. 해이해질 대로 해이해진 보초들은 점심 교대 시간에는 아예 자리를 비워 버리곤 했다. 아니나 다를까 군인 중에 가장 뚱뚱한 미챠는 일찌감치 식사하러 가 버렸다.

　태어나 처음으로 금기를 깨려는 소녀의 맥박은 위아래로 난동을 부리더니 이내 일렬이 되어 버렸다. 케케는 찬 공기를 발간 볼에 한가득 머금은 다음 말뚝 담장을 넘어 버렸다. 그리고 뒤에서 자신의 이름을 담은 소리가 쫓아오지 못하게 두 눈을 질끈 감고 양손으로 귀를 막은 채 숲속을 향해 냅다 뛰었다. 숲의 입구에 다다라서야 케케는 조심스럽게 실눈을 뜨고 뒤를 돌아보았다. 비록 흰 눈 위로 총총거린 발자국이 남았지만, 이 정도면 짜릿한 성공이었다. 전율이 원피스 속옷만 입은 소녀의 닭살을 뾰족하게 만들었다. 케케는 그제야 입안에 머금고 있었던 담벼락 안의 찬 공기를 길게 내뱉었다.

*

흰 숲에는 설화와 붓꽃 등의 야생화가 만발해 있었다. 케케는 꽃과 색에 취해 조금씩 숲의 안쪽으로 들어갔다. 꽃을 아무리 많이 꺾어도 화관을 만들기에는 부족해 보였다. 그러다 문득 진액으로 찐득해진 손을 가슴팍에 문지르려 했는데, 어느새 한 아름이 된 꽃들로 비빌 품이 없었다. 그제야 케케는 나타샤 언니에게 돌아갈 수 없음을 깨달았다. 반사적으로 울음이 솟구쳤지만, 필사적으로 품의 꽃들을 끌어 안았다. 양 눈가의 눈물이 눈꼬리를 침수시키더니 입꼬리까지 범람했다. 눈물을 닦다가 손에 묻은 진액으로 얼굴까지 엉망이 되었다.

얼마나 지났을까, 짓물러진 눈을 감았다 떠 보니 커다란 나무 한 그루가 걸어오고 있었다.

"꼬맹아, 너 여기서 뭐 하니?"

성큼 다가온 나무가 물었다. 진액과 눈물로 범벅이 된 눈을 비비고 다시 올려다보니 그것은 남자 어른이었다. 반팔과 반바지 내의만 입은 남자는 시뻘건 피를 흘리고 있는 흰토끼 서너 마리를 억센 손에 쥐고 있었다. 케케는 덫에 걸려 죽은 토끼가 무서워 비명을 질렀다. 그러자 남자는 얼른 토끼를 등 뒤로 감췄다.

"애야, 너 여기까지 어떻게 나온 거니? 그것도 내의만 입고?"

"나타샤 언니 화관 만들 꽃 꺾으러 왔어요."

하늘로 입을 벌린 채 엉엉 우는 꼬맹이가 너무나 귀여워서 남자는 커다란 웃음을 터뜨렸다.

"꼬마 숙녀님, 내가 집에 데려다줄게."

남자는 단숨에 케케를 들쳐 업었다.

넓고 딱딱한 남자의 등에서 짐승의 피 냄새, 더 정확하게 짐승의 가죽 냄새가 났다. 울음을 그친 케케가 아래를 내려다보니 토끼의 배에서 떨어진 새빨간 선혈이 새하얀 눈 위에 긴 궤적을 남기고 있었다. 많이 울어서 그런지, 흔들리는 등에 타고 있어서 그런지 아랫배가 묘하게 간지러웠다.

"꼬맹아. 집에 데려다주는 대신, 네가 꺾은 그 꽃다발 나에게 줄래?"

"안 돼요! 나타샤 언니 화관 만들어야 해요. 오늘 결혼식이란 말이에요. 세상에서 제일 예쁜 화관을 만들 거예요."

"그래? 그렇다면."

남자가 장난으로 등을 흔들어 소녀를 내리려 하자 케케는 남자의 등에 더 찰싹 달라붙었다. 남자는 너털웃음을 지으며 몇 걸음 만에 숲을 빠져나왔다.

"어이! 구두장이! 어딨어?"

멀리서 남자를 찾는 군인의 소리가 들렸다. 남자는 꽃다발을 꼭 쥔 케케를 재빨리 땅에 내려놓고 바위 뒤에 숨겼다.

"꼬마 숙녀님, 들키지 않게 혼자 갈 수 있지? 나는 지금 바로 가야 해."

남자가 속삭이자 케케는 고개를 끄덕였다.

"중사님! 다 했습니다. 제가 지금 그리로 갈게요."

남자는 소리가 날아온 쪽을 향해 우렁차게 대답했다.

"후작님 기다리신다. 얼른 들어가자!"

중사의 소리가 남자를 재촉했다.

"아저씨! 잠깐만요."

바위 뒤의 케케가 조막손으로 품의 꽃다발을 반으로 갈랐다.

"제가 특별히 주는 거예요!"

큰 인심을 쓰듯 설화와 붓꽃 다발의 절반을 내밀었다.

"고마워, 꼬마 숙녀!"

남자는 꽃다발을 받고 케케의 머리를 쓰다듬어 주었다. 그러고는 토끼를 등에 둘러메고 성큼성큼 뛰어갔다. 케케는 남자와 짐승의 냄새가 동쪽으로 사라지고 있음을 감지했다.

*

케케는 다시 조마조마하며 말뚝 울타리를 넘었다. 다행히 아무도 없었다. 미소 같은 숨을 내쉬고 개울로 달려가 더러워진 얼굴을 씻었다. 진액과 눈물로 범벅이 되었던 피부가 보드라워졌다. 아랫배의 간지러운 증상도 얌전해졌다. 몰래 담을 넘고, 꽃에 취해 길을 잃고, 기적처럼 어떤 남자를 만나 다시 돌아온 두 시간이었다. 케케는 수면에 일렁이는 얼굴을 물끄러미 바라보았다. 그 두 시간 사이, 훌쩍 커 버린 어떤 아이가 젖은 채로 케케를 빤히 보고 있었다. 그 순간, 몸속을 돌고 있던 어떤 물의 성상이 바뀌었다. 새롭게 바뀐 물은 홀로드나야의 오로라처럼 알록달록하고 변덕스러웠다. 케케는 자신이 완전히 다른 사람이 되었다는 걸 감지했다. 하지만 그 물이 꺾인 꽃의 진액이었는지, 자신의 눈물이었는지 아니면 흰토끼의 피였는지 아홉 살의 케케는 알 수 없었다.

*

홀로드나야가 생기고 처음으로 동홀로드나야의 소년들과 청년들이 개울의 다리를 건넜다.

더럽고 해진 내의만 걸친 남자들은 몇 년 전 울타리를 넘어 난입해 큰 소동을 벌였던 늑대 무리와 비슷했다. 다리를 건너온 날짐승 250마리가 결혼식장으로 꾸민 공동 작업장으로 들어왔다. 소녀들과 처녀들은 궁지에 몰린 양 떼처럼 입구에서 가장 먼 구석에 오밀조밀 엉겨 붙었다. 어쩔 줄 모르는 아이들을 본 군인들과 하녀들이 서둘러 대오를 정리했다. 그렇게 오른쪽에는 남자들이, 왼쪽에는 여자들이 줄지어 앉았다.

8년 전 이곳에 들어온 갓난아이들은 이제 소년과 소녀가 되어 서로의 얼굴을 신기하게 바라보며 키득거렸고, 소년과 소녀였던 아이들은 이제 총각과 처녀가 되어 서로의 몸을 몰래 훔쳐보며 수줍어했다. 군인들이 아이들의 작은 소란을 정리하자, 유쥐나야 마을에서 온 얼굴에 검은 점이 난 사제와 리센코 후작이 들어왔다.

케케는 홀로드나야를 통틀어 가장 어린 아홉 살이었

지만, 어설프고 부산스러운 동년배 소년들이 유치해 보였다. 케케는 은밀한 눈빛으로 숲속에서 만났던 키 큰 남자를 찾았지만, 어른들과 청년들 중에 그만큼 넓은 등을 가진 이는 없었다. 눈을 감고 온 신경을 코에 집중해 짐승의 냄새를 탐색해 봤지만 마찬가지였다.

"케케! 어딨니?"

신부 대기실인 작업장 구석 창고에서 후작의 하녀가 케케를 애타게 불렀다. 케케는 두리번거리던 시선을 거두고 대기실로 달려갔다.

좁은 창고 안, 하얀 피부 위에 흰 드레스를 입은 나타샤는 설원 위 토끼처럼 하얗게 빛났다.

"나타샤 언니에게 네가 만든 예쁜 화관을 직접 씌워 주렴."

신부 치장을 마친 후작의 하녀가 케케에게 화관을 건넸다.

"정말 예쁜 화관이구나! 이리 온, 케케!"

새신부는 울먹이더니 케케를 안아 주었다.

"언덕 위 수도원에 올라가도 우리 오두막에 자주 놀러와야 해!"

케케가 설화와 붓꽃으로 정성스럽게 만든 화관을 씌워주자 나타샤는 울음을 터뜨렸다. 두 번이나 펑펑 울어서 그런지, 케케는 단 한 방울의 눈물도 흘리지 않았다.

창고 밖에서 환호성과 박수로 들썩였다. 신랑이 공동 작업장으로 들어온 듯했다.

"착한 나타샤. 그만 울렴. 이제 신부도 입장해야 해. 케케! 네가 화동으로 나타샤 언니에게 꽃잎을 뿌려 주렴."

하녀는 화관을 만들고 남은 꽃잎들을 모아 놓은 바구니를 케케에게 쥐여 주고는 신부의 눈물을 손수건으로 닦아 주었다.

"입수 챔피언!"

"추위를 모르는 남자!"

"새신랑 비사리온! 우리의 맏형!"

"구두장이가 제일 먼저 장가가는구나!"

수백 마리 늑대가 우두머리를 향해 일제히 컹컹거렸다. 수도원에서 내려온 모든 어른이 미소와 박수를 보냈고, 군인들은 하늘을 향해 축하 사격을 했다. 총소리에 모두가 놀라 잠시 정적이 흘렀지만, 총성이 마련한 어색한 공간은 금방 환호성으로 다시 메워졌다.

케케는 호기심에 창고 문을 살짝 열었다. 문틈으로 아침에 맡았던 짐승의 냄새가 감지되었다. 홀린 듯이 문밖으로 고개를 내밀었다. 단상에는 모두의 시선을 독차지한 남자가 검은 양복을 빼입고 꼿꼿하게 서 있었다. 그가 환호의 답례로 주먹 쥔 손을 머리 위로 치켜올렸다. 그러자 들짐승의 울음소리 같던 환호성이 점차 초점을 맞추면서 신랑의 이름이 되었다.

"베소! 베소! 베소!"

키가 크고 어깨가 떡 벌어진 새신랑은 처음으로 얼굴을 보게 될 신부에게 바칠 꽃다발을 들고 있었다. 케케가 숲속에서 몰래 꺾어 온 설화와 붓꽃의 절반이었다.

**

"아버지가 재혼이었어요?"

사내가 어미의 말을 끊었다. 아들의 질문에 노파는 시선을 회피했다.

"이야! 베소! 주정뱅이 우리 아버지, 예전에는 인기 좀 있었나 보네."

"그때는 그랬지."

노파의 주름 결을 옅은 미소가 비집었다.

"아버지가 술독에 빠지기 전에는 꽤 멋있었나 보죠?"

사내의 한쪽 입술이 콧수염을 사선으로 들어 올렸다.

"그렇지. 홀로드나야에서 열일곱 살로 가장 연장자였고, 한랭 내성 챔피언에다가, 키도 크고 등도 넓었지. 솜씨 좋은 구두장이라 모두에게 인기가 많았어."

"어머니 눈에만 그렇게 보였던 거 아니에요?"

사내는 잔에다 보드카를 따랐다.

"그럴지도 모르지. 너도 사랑을 해 봐서 알잖니. 야샤 어미…… 카토……."

"카토 이야기는 꺼내지 않기로 했잖아요."

미간을 찌푸리며 사내는 보드카를 들이켰다.

"그래. 미안하구나."

잠시 정적이 흘렀다. 창밖에서 불어오는 거센 눈보라가 문틈으로 신음을 짜내고 있었다.

굶주림

축제 같은 결혼식이 끝났다.

새신랑 베소와 신부 나타샤는 모두의 부러움을 한 몸에 받으며 언덕을 올라 수도원으로 들어갔다. 널찍한 수도원 지하에는 수십 개의 빈방이 있었는데, 후작은 군인들을 시켜 이 중 가장 널찍한 방을 신혼집으로 꾸몄다. 이렇게 식장에서 처음 만난 열일곱 살의 동갑내기는 부부가 되었다.

소년들과 총각들이 모두 개울의 다리를 건너 돌아가자, 후작을 비롯한 어른들도 수도원으로 돌아갔다. 서홀로드나야는 다시 평평한 일상으로 돌아왔다. 저녁 입수 기도가 끝나고 오묘한 오로라가 떴지만, 여느 때처럼 처녀들은 요리와 빨래를 하고 소녀들은 청소와 바느질을 했다.

눈보라 같은 하루를 보낸 케케는 흰 옷감과 바늘을 쥐고는 얼어 버렸다.

영특한 소녀는 엉켜 버린 마음의 실타래를 풀어 보려 애를 썼다. 금기와 위반, 죄책감과 짜릿함, 죽음과 삶, 꺾인 꽃의 진액과 죽은 토끼의 피, 꽃 내음과 짐승의 냄새 그리고 나타샤와 베소.

머릿속에 알록달록한 오로라가 피어나면서 다시 아랫배가 꿈틀거렸다. 온몸이 오로라로 젖자 가슴에서 새살이 돋는 간지럼이 멍울졌다. 어지러웠다. 또다시 길을 잃을 것만 같았다. 간신히 눈을 떠 늘 나타샤가 있던 빈자리를 보았다. 그곳에 검고 큰 사람의 형체가 보였다. 미간을 찌푸려 초점을 맞추니 그 형체는 숲에서 만났던 새신랑 베소가 되어 있었다. 그는 화관을 쓴 흰토끼를 산 채로 뜯어 먹고 있었다. 사랑하는 나타샤의 빈자리를 낯선 베소가 메꾸고 있다는 생각이 들자 심장이 비틀리면서 마비가 왔다.

'들키기 전에 이 악몽에서 벗어나야 해!'

케케는 안간힘을 다해 경직된 오른손을 뜯어냈다. 그리고 쥐고 있던 바늘로 왼 손바닥을 깊숙이 찔렀다.

"악!"

비명에 오두막 안의 모든 시선이 쏠렸다. 피가 흰 옷감을 시뻘겋게 물들이자 마비가 풀렸고, 터진 고름처럼 울음이 쏟아졌다. 케케는 너무나 서럽게 울었다. 그 서러움이 통증 때문이었는지, 나타샤 언니 때문이었는지 아니면 오로라 때문이었는지 소녀는 분간할 수 없었다.

쏠린 시선을 따라 소녀들이 케케에게 몰려들 때, 갑자기 오두막 문이 활짝 열렸다.

"아까 나타샤 화관 만든 사람이 누구지?"

수석 연구원 바빌로프였다. 살짝 상기되어 있었지만, 화난 표정은 아니었다. 군인 두 명이 따라 들어왔다. 겁먹은 소녀들의 시선은 다시 한번 케케에게 쏠렸다. 바빌로프가 저벅저벅 다가와 허리를 숙여 케케를 응시했다.

"케케, 그 꽃이 어디서 났을까?"

헌 눈물의 고랑 위로 새 눈물이 범람했다. 케케는 바빌로프가 너무 무서워 오줌을 지렸다. 바빌로프는 한 걸음 뒤로 물러나 허리를 꼿꼿하게 폈다.

"이런! 담을 넘었군."

천장에서 매서운 속도로 날아온 손바닥이 케케의 뺨을 갈겼다. 케케는 손바닥이 그린 궤적을 따라 그대로 나자빠졌다. 군인 둘이 쓰러진 케케를 바빌로프 앞에 다시 갖다 놓았다. 그렇게 몇 번을 굴렀다. 막연한 악몽을 해소하려 저질렀던 바늘 자해는 쏟아지는 코피에 자취를 감췄다. 난생처음 맞닥뜨린 적나라한 폭력이었다. 압도된 소녀들은 모두 한쪽 구석으로 찌그러졌다.

"규율을 어기면 어떻게 되는지 앞으로 똑똑히들 보세요."

바빌로프가 고갯짓하자 군인 한 명이 땅바닥에 널브러진 케케를 들고 오두막을 빠져나갔다.

*

피딱지가 들러붙은 눈꺼풀을 겨우 들어 올린 건 다음 날 점심쯤이었다. 그곳은 나타샤가 신부 대기실로 썼던 빈 창고였다. 무거운 쇠사슬이 한쪽 발목에 채워져 있었다. 춥고, 아프고, 배가 고팠다. 꼼짝도 할 수 없어서 다시 눈을 감았다. 얼마가 흐르고, 누군가 눈꺼풀을 들어 올렸을 때는 밤이었다.

"맹랑한 것. 감히 탈출을 해? 앞으로 일주일간 식사는 없다. 어디 또 기적을 행해 보렴."

바빌로프였다. 그가 창고를 나가자마자 극심한 복통이 밀려왔다. 간지럽던 아랫배의 통증이 아니라 배 전체가 갈기갈기 찢어졌다. 기아가 케케의 온몸을 지배했다. 살을 에는 추위도, 얻어맞은 얼굴의 통증도 배고픔 앞에 무릎을 꿇었다. 대충 기운 판자벽 사이로 붉은 오로라가 희미하게 보였다. 지금 감으면 다시는 떠지지 않을 거라고 생각하며 눈두덩에 있던 힘을 놓았다.

얼마나 흘렀는지 모를 희미한 지점을 지날 때, 갑자기 또렷한 냄새가 났다. 너무 또렷해서 냄새를 만질 수 있을 것 같았다. 눈이 번쩍 떠졌다. 또 밤이었다. 냄새를 쫓아 고개를 돌리니 나무 판자벽 사이로 감자 두 개를 든 손이 쑥 들어와 있었다. 허겁지겁 단숨에 배고픔을 몰아냈다. 정신을 차리고 구원의 손길을 찾으러 판자 사이에 눈을 댔다. 밤을 뚫고 붉은 오로라가 노래를 흥얼거리며 멀어지고 있었다. 7번 오두막의 아홉 살 백치, 붉은 머리 리자였다. 케케는 이 한밤중에 리자가 어떻게 오두막 밖을 돌아다닐 수 있는지 알 수 없었다.

다음 날 아침, 통증이 끓어올랐다. 난롯가의 눈이 녹듯이 케케의 몸에서 땀이 녹아내렸다. 그때 시끄러운 발걸음 소리와 함께 창고의 문이 부서지듯이 열렸다. 리센코 후작의 내리쬐는 시선이 땅바닥에서 죽어 가는 케케에게 꽂혔다. 후작 바로 뒤에 바빌로프가 고개를 조아리고 있었다.

"네가 미쳤구나!"

리센코 후작이 벼락처럼 바빌로프의 따귀를 때렸다.

"죄송합니다. 케케가 담을 넘어서 벌을⋯⋯."

후작이 죽어 가는 케케의 이마에 손을 댔다.

"유쥐나야 마을의 이장이 약초를 잘 쓰는 의사입니다. 거의 죽어 가는 아이들을 여럿 살렸다고 들었습니다."

집사 샤토프가 말하자 후작은 당장 마차를 준비하라고 소리쳤다. 그리고 분이 덜 풀렸는지 바빌로프의 얼굴에 주먹을 날렸다.

"빌어먹을 모스크바 부르주아 새끼! 네가 감히 내 기적을 굶겨 죽여?"

후작은 케케의 발목에 묶여 있던 쇠사슬을 풀어 군인들에게 던졌다.

"이 새끼, 여기 가둬서 케케랑 똑같이 굶겨 죽여."

**

사내는 자신이 먹어 치운 빈 접시를 물끄러미 바라보았다.

"그때 리자가 아니었으면, 너도 없는 거다."

노파는 사내가 비운 접시 끝에 묻어 있는 감자 쪼가리를 손가락으로 훑어 먹었다.

"그 바빌로프라는 놈 때문에 굶어 죽을 뻔했네요. 그 부르주아 새끼는 죽었어요?"

"리센코 후작이 아사 직전에 겨우 살려 줬어."

"나 같으면 확실히 죽였을 텐데……."

사내는 테이블 위에 올려 둔 찰스 다윈의 《종의 기원》의 첫 페이지를 넘겼다. 속지에는 '자연 선택을 통한 종의 기원 또는 생존 투쟁에서 선호된 품종의 보존에 관하여'라는 원제가 쓰여 있었다. '생존 투쟁에서 선호된 품종의 보존에 관하여' 아래에는 누군가 굵은 밑줄을 그어 놓았다. 사내는 그 줄을 그은 사람이 자신이었는지, 이 책이 사내의 손에 들어오기 전부터 그어져 있던 것인지 알 수 없었다.

"그런데 수석 연구원 바빌로프는 어떤 사람이에요?"

"모스크바의 굉장한 부잣집 아들이었고 결혼을 일찍 해서 모스크바에 애가 둘인가 있었어. 유럽 곳곳에서 유학했고 후작만큼 똑똑한 사람이었다고 하더라. 그런데 그때는 몰랐어."

"바빌로프…… 바빌로프…… 모스크바 출신…… 부르주아 바빌로프…… 이름은요?"

중얼거리던 사내가 가방에서 노트를 꺼내며 물었다.

"들었는데 기억이 안 나네……. 더 먹을래?"

"아니요. 배불러요."

유쥐나야 마을

입안으로 쓴 것이 들어오더니 입천장과 목젖에 달라붙었다. 맛의 통증은 몸의 고통보다 즉각적이었다. 케케는 살기 위해서 필사적으로 쓴 것을 뱉어 냈다. 그러자 눈이 번쩍 떠졌다.

"일어났구나."

쓴 풀 냄새가 나는 수저를 든 낯선 얼굴, 유쥐나야의 이장이었다. 홀로드나야에는 노인이 없기에 케케는 주름이 뒤덮은 얼굴을 보고 깜짝 놀라 몸을 웅크렸다.

"케케, 정신이 드니?"

낯익은 얼굴, 후작의 집사 샤토프였다. 케케는 고개를 끄덕였다.

"고맙소, 이장. 소문대로 투루한스크 최고의 명의군요."

샤토프는 주머니에서 금화를 꺼내 이장에게 건넸다.

"아이가 타고난 강골인 거 같습니다. 제가 조제한 유쥐나야 약초와 단백질이 풍부한 음식을 충분히 먹으면 금방 회복할 듯합니다."

방문이 열리고 한 처녀가 김이 모락모락 나는 음식 그릇을 들고 들어왔다. 낯익은 얼굴이었지만 생각나지 않았다. 케케 앞에 놓인 음식은 생선알이 넘치게 들어 있는 수프와 뜨끈한 감자였다. 케케는 접시로 달려들어 퍼먹기 시작했다.

"이장, 앞으로 이 방에 학교 애들 아무도 못 들어오게 하세요."

샤토프가 작은 소리로 말하자 이장은 음식을 가져온 처녀를 서둘러 방에서 내보냈다.

케케는 감자를 입안 가득 쑤셔 넣고는 빈 접시를 샤토프에게 내밀었다. 이장은 감자와 생선알 수프를 넉넉하게 더 가져왔다. 탱탱한 생선알이 목구멍으로 넘어가는 족족 힘이 솟아났다.

"먹는 모습을 보니까 다 회복한 거 같네요."

"케케, 실컷 먹으럼. 대신 천천히."

집사와 이장이 나가고 밖에서 문을 걸어 잠그는 소리가 들렸다.

엄청나게 많은 음식을 깨끗이 비운 후 케케는 방을 둘러봤다. 창문이 없는 낯선 곳이었다.

아무도 없는 공간에 홀로 내팽개쳐진 기분이 들었다. 이 두려움은 처음이 아니었다. 며칠 전 숲속에서 길을 잃었을 때 느꼈던 바로 그 불안이었다. 불룩 나온 배 위로 간지러움이 요동쳤다. 하지만 케케는 울지 않았다. 그때처럼 죽은 짐승의 냄새를 풍기는 누군가가 구하러 올 거라는 강렬한 직감이 들었다. 케케는 볼록해진 아랫배를 어루만지며 잠들었다.

"꼬마 숙녀! 살아났구나!"
맛있는 잠을 깨운 사람은 리센코 후작이었다.
"역시, 기적의 케케야!"
후작은 케케를 번쩍 들어 한 손으로 안았다. 그리고 굽신거리는 이장에게 금화 한 닢을 던져 주었다.
밖으로 나가니 땅거미가 진 밤이었다.
케케는 후작의 한쪽 팔에 들린 채로 주변을 둘러봤다. 커다란 통나무집들, 말뚝 울타리 그리고 하늘 끝에 걸린 붉은 오로라가 긴 커튼처럼 땅까지 드리워져 있었다. 생전 처음 와 본 낯선 곳이었지만 어딘지 홀로드나야와 비슷한 느낌이 들었다.
"자! 마차 타고 집으로 가자."
말 네 마리가 끄는 마차의 푹신한 의자에 앉아서 밖을 보았다. 어둑한 마당에 하늘 커튼에서 떨어져 나간 오로라 조각 하나가 하늘하늘 춤추고 있었다. 그것은 붉은 머리의 리자였다. 이제 막 의식을 회복한 아홉 살 케케는 여기저기서 마구 나타나는 붉은 마녀를 오로라로 이해했다.

"기숙 학교에 가둬 놓으라고 할까요?"

리자가 이리저리 뛰어다니며 춤추는 모습을 본 샤토프가 후작에게 물었다.

"내버려 둬. 미친 여자애 하나쯤은 돌아다녀야 마을이 마을답지. 자, 출발하지."

마부석에 앉은 군인이 고삐를 당기자 우지끈 소리와 함께 케케 쪽 땅이 주저앉았다. 밑을 보니 마차 뒷바퀴가 무너져 내려앉아 있었다.

"바퀴 갈게, 힘센 놈 몇 명만 오라고 해."

샤토프가 마차에서 내려 배웅하던 이장에게 소리쳤다.

"케케, 여기 그대로 앉아 있어."

후작이 기울어진 마차에서 내려 파이프 담배를 물었다. 어둠을 뚫고 건장한 사내 서너 명이 케케가 있던 통나무집에서 뛰어나왔다. 사내들은 기울어진 마차 바닥에 손을 넣었다.

"자! 하나, 둘, 셋!"

사내들이 마차를 들자 마부가 부서진 바퀴를 빼냈다. 마차에 타고 있던 케케는 고개를 빼꼼 내밀어 신기한 장면을 보고 있었다. 그런데 힘을 쓰고 있는 사내 중 한 명이 낯익었다. 베소, 숲속과 결혼식장에서 보았던 나타샤의 남편. 오로라를 등불 삼아 있는 힘껏 마차를 들고 있는 한 사내에게 초점을 맞췄다. 하지만 보이지 않았다. 케케는 코를 벌름거려 남자의 땀 냄새를 맡아 보았다.

'이 남자는 숲속의 그 남자가 아니야.'

냄새가 케케에게 말해 주었다.

마부가 축에 새 바퀴를 끼우자 사내들은 들고 있던 마차를 내려놓았다.

"수고들 했어. 들어가 봐."

후작이 말하자 사내들이 고개 숙여 인사하고 다시 통나무집으로 뛰어 들어갔다. 어둠 속으로 사라지는 뒷모습 중 하나는 분명 케케가 숲에서 보았던 등이었다.

후작과 집사가 다시 마차에 오르자 마부 군인이 고삐를 당겼다. 마당 한가운데에는 붉은 마녀 리자가 하늘을 향해 입을 벌린 채 서 있었다.

"얼른 가자."

통나무 오두막과 마당이 멀어지면서 섬망 같은 오로라가 사라졌다.

낯선 유쥐나야는 낯익은 혼란이었다.

"굶주림에는 음식이 약이더라. 나는 일주일 만에 완전히 회복했어."

노파가 벽에 걸린 이콘을 향해 성호를 그었다.

"빵 남은 거 있어요?"

사내가 보드카 반 잔을 마시고 어머니에게 물었다. 노파는 엉거주춤 부엌으로 가 접시를 꺼냈다.

"우리가 굶주리는 이유는 황제와 귀족 그리고 자본가들이 빵을 독점하고 있기 때문이에요."

사내가 노파의 등에 대고 말했다.

80

"원래 세상이란 게 그런 거잖니."

"아니요. 원래 그렇지 않았어요. 지금 세상이 이상한 거죠."

"나는 네가 하는 소리를 하나도 못 알아듣겠다."

"제가 세상을 뒤엎을 거예요. 그래서 굶어 죽는 사람이 없는 세상을 만들 겁니다."

노파는 빵 조각이 담긴 접시를 사내에게 내밀었다.

"뭐가 되었든, 네 굶주림이나 먼저 해결하고 해라."

탄생과 죽음

결혼식이 끝나고 수도원으로 올라간 부부는 두 번 다시 통나무집으로 내려오지 않았다.

걸어서 20분이면 닿을 거리, 눈앞에 빤히 보이는 언덕 위의 수도원이었다. 하지만 홀로드나야에 남은 아이들은 나타샤와 베소를 볼 수 없었다. 아이들은 하녀들과 보초 군인들에게 부부의 안부를 캐물었다. 그때마다 "베소와 나타샤는 수도원에서 아주 행복한 신혼 생활을 보내고 있단다. 그러니 그들 걱정은 말고 너희들은 열심히 입수 기도를 해서 하루라도 빨리 신랑, 신부가 될 노력을 하렴."이라는 답변만 돌아왔다.

동화 같던 결혼식과 어른들의 권고는 통나무 오두막에서 벗어나려는 아이들에게 확실한 동기부여가 되었다. 결혼이라는 뚜렷한 목표가 정해지자 경쟁이 붙었고, 입수후 오래 버티기 신기록은 매주 경신되었다. 리센코 후작의 의도대로였다.

해가 갈수록 한랭 내성은 아이들의 '획득 형질'이 되었다. 영하 50도 얼음물 입수에 단련된 아이들은 추위를 두려워하지 않았다. 입수 후 저수지에서 가장 빨리 뛰쳐나오는 '매일의 꼴찌'는 리센코 후작이었다. 후작과 연구원들은 아이들의 상향된 한랭 내성에 무척 고무되었다.

그러나 과도한 경쟁이 불러온 부작용도 있었다. 기록 경신을 위해 물속에서 무리하게 오래 버티다가 발이 마비되어 동상을 입는 경우가 속출했다. 대개의 동상은 보온 치료 후 회복되었으나, 괴사와 감염이 심각하면 발가락 몇 개를 절단해야만 했다. 마비가 발에 오면 그나마 다행이었지만, 심장에 온 경우에는 손쓸 방도가 없었다. 3년간 63개의 발가락이 잘려 나갔고, 22명의 아이가 무리한 입수 기도 중에 숨을 거뒀다. 후작은 매번 차갑게 얼어 죽은 아이들을 품에 안고 침통한 표정으로 언덕에 올랐다.

나타샤와 베소의 결혼식 이후 2년 동안 총 14번의 결혼식이 열렸다. 그중 여덟 번은 두 쌍 또는 세 쌍의 합동 결혼식이었다. 결혼의 기회를 잡은 신랑 신부들은 모두 입수 기도에서 상위권 성적을 거둔 열여섯 살 이상의 처녀, 총각들이었다. 신부들은 모두 나타샤처럼 흰 드레스를 입었고, 신랑들은 모두 베소처럼 검은 양복 차림으로 식장에 입장했다. 이렇게 총 26쌍의 부부가 수도원의 지하로 들어갔고, 한번 수도원 언덕을 오른 부부는 두 번 다시 통나무집으로 내려오지 않았다.

*

첫 결혼식 후 2년이 흐른 어느 날, 케케의 3번 오두막으로 후작이 들어왔다. 뒤에 따라 들어온 하녀는 아기가 담긴 바구니를 들고 있었다. 갓 돌을 지난 아이는 나타샤와 베소의 딸이었다. 오두막의 소녀들은 신기한 듯 바구니로 몰려들었다. 후작은 방장에게 아기를 돌볼 담당자를 정하라고 지시했다. 3번 오두막의 막내이자, 열한 살이 된 케케가 번쩍 손을 들었다. 후작은 자청한 케케가 너무 어리다며 다른 지원자를 둘러봤다. 그러자 케케는 자신이 이 나이 때부터 나타샤 손에 자랐고, 저수지에 빠져 죽을 뻔한 자신을 구해 준 것도 나타샤니, 그녀의 아이를 키우는 것은 응당 자신의 의무이자 보은이라고 대들듯이 주장했다. 흐뭇한 미소를 짓던 후작은 당차고 영특한 케케에게 아이를 맡겼다.

"아이 이름은 '소냐'다. 내일부터 소냐도 입수 기도에 들어간다."

후작은 홀로드나야에서 처음으로 태어난 아이를 애지중지했지만, 갓 돌이 지난 아이에게도 입수 기도를 명했다. 케케는 소냐를 이리저리 뜯어보고 또 냄새를 맡았다. 하지만 한 살배기 아이에게서 나타샤의 얼굴도 짐승의 냄새도 찾을 수 없었다.

다음 날 아침 7시 10분 전, 케케는 조심스럽게 소냐를 담은 구멍 바구니를 들고 저수지 앞에 섰다. 내의만 입은 리센코 후작은 케케의 뒤에 섰다. 바빌로프는 잔뜩 긴장한 얼굴이었다. 평소와는 달리 여섯 명이나 되는 연구원들이 시계와 펜을 들고 대기하고 있었다. 수도원의 종소리와 함께 입수가 시작되었다. 케케가 먼저 물에 들어가고 후작이 따라 들어왔다. 후작은 구멍 바구니를 살며시 물에 담갔다. 배냇저고리와 기저귀만 찬 소냐의 몸은 바구니 안으로 스민 물에 잠겼고, 목만 겨우 수면 위에 있었다. 차가운 촉감에 움찔움찔하던 소냐는 1분 정도 흐르자 생긋 웃음을 지었다. 천진난만한 아기 천사처럼 아이는 손과 발을 힘차게 휘저으며 물장구를 쳤다. 이 모습을 지켜본 바빌로프와 연구원들은 일제히 환호성을 지르며 손뼉을 쳤다. 리센코 후작은 물속에서 잠겨 신나게 노는 소냐를 내려다보며 함박웃음을 지었다.

"나는 너무 추워서 이만 나가야겠다. 케케! 소냐 바구니를 잘 들고 있어라.”

“후작님은 이제 소냐보다도 못 한 꼴찌가 되시는 거예요.”

케케가 바구니를 넘겨받으며 말했다.

“그렇구나!”

후작은 크게 웃으며 숫자가 그려진 유리 막대기를 소냐의 겨드랑이 사이에 끼웠다. 유럽에서 구해 온 작은 체온계였다. 리센코 후작은 온몸을 바들바들 떨며 물에서 빠져나왔다.

“케케! 소냐는 너처럼 기적의 아이란다! 소냐에게서 한시도 눈을 떼면 안 된다!”

후작이 단단히 당부했다.

입수한 모두가 두 손을 모으고 기도를 시작했다. 케케는 바구니를 살짝 수면 위로 든 채 언덕 위 수도원의 십자가를 향해 눈을 감았다.

‘하느님, 나타샤 언니와 우리 소냐에게 축복을 주소서.’

구멍 바구니가 점점 무거워졌다. 팔을 좀 더 위로 올렸다. 하지만 위로 올린 것만큼 무게가 늘어났다. 바구니에서 오로라가 느껴졌다. 섬뜩한 기운을 느낀 케케는 실눈을 뜨고 바구니 안을 보았다. 조금 전까지 웃으며 물장구를 치던 소냐가 돌처럼 굳어 있었다. 소냐의 몸은 이미 차갑고 딱딱했다. 벌어진 작은 입에는 입김이 서리처럼 붙어 있었다.

"후작님! 소냐가 이상해요!"

케케는 구멍 바구니를 뭍에 올리고 물에서 나왔다. 입수해 있던 소녀들이 웅성거리기 시작했다. 케케의 비명에 후작과 바빌로프가 달려왔다. 하지만 이미 늦었다.

후작은 소냐를 끌어안고 무릎을 꿇었다. 그는 몹시 슬퍼했는데, 이전 아이들이 죽었을 때의 슬픔에 알 수 없는 무엇인가가 더 얹혀 있었다. 연구원들의 어깨가 축 처졌고, 바빌로프는 들고 있던 펜을 눈 위에 떨어뜨렸다.

케케는 장난감을 뺏긴 아이처럼 울음을 터뜨렸다. 잘하고 싶었고, 잘해 주고 싶었는데, 천사같이 따스한 아이는 얼은 돌덩어리가 되어 버렸다. 자신이 무슨 죄를 지었는지 전혀 알 수 없다는 사실은 무섭고도 슬펐다. 죄 없이 죽은 소냐가 너무 가여웠다. 불쌍한 소냐의 뒤로 나타샤 언니에 대한 미안함이 밀려왔다. 케케는 제대로 울지도 못하고 죽어 버린 소냐의 몫까지, 자식을 잃은 어미의 몫까지 대신 울었다.

"울지 마라, 케케. 너는 잘못한 게 없어."

케케는 눈물이 그렁그렁한 채로 후작을 보았다. 그의 눈에는 어느 때보다 커다란 눈물이 박혀 있었는데, 그것은 소냐보다 훨씬 컸다. 케케는 후작이 소냐를 위해 흘린 짧고 투명한 눈물 뒤에 이어지는 먹물 같은 눈물을 보았다. 미세하게 떨고 있는 검은 눈물은 투루한스크의 모든 밤을 합친 것보다 무서웠다.

케케는 그 검은 눈물을 향해 비명을 질렀다. 그러자 군인들이 달려와 케케를 진정시켰다.

후작은 죽은 소녀를 담요로 둘둘 말고 수도원의 언덕을 향했다. 애도의 느린 발걸음은 점점 실망의 걸음으로 바뀌었고, 언덕길 중턱부터 점점 빨라진 걸음에는 신경질이 잔뜩 묻어 있었다.

*

소녀가 죽고 2년 동안, 수도원의 지하에서는 계속 아이들이 태어났다. 남자아이든 여자아이든 첫돌이 지나면 하녀가 바구니에 담아 서홀로드나야의 통나무 오두막으로 데려왔다. 열 개의 오두막마다 아이가 한 명씩 배정되었지만, 케케의 3번 오두막에는 두 명이 들어왔다.

먼저 들어온 다랴는 파란 눈의 여자아이였고, 뒤이어 들어온 마리는 무척 작고 허약했다. 케케는 소냐 때처럼 온 정성을 다해 아이들을 돌보았다. 하지만 입수 기도 두 달째에 다랴는 소냐처럼 심장 마비로 수도원 언덕에 올랐고, 마리는 첫 입수 후 매일 밤 열띤 기침을 멈추지 않더니 결국 숨이 멎어 버렸다.

다른 오두막도 사정은 마찬가지였다. 구멍 바구니에 담긴 아이들은 찬물에 심장이 얼어붙어 죽거나, 폐렴에 의한 고열로 몸이 불덩이가 되어 죽었다. 케케는 작은 아이들은 너무 차가워도 죽고, 너무 뜨거워도 죽는다는 사실을 깨달았다.

그즈음에 새 아이 바구니가 왔다.

"파벨이란다. 나타샤와 베소의 아들이야. 케케가 잘 보살펴 주렴."

파벨의 하얀 얼굴에는 나타샤와 함께했던 옅은 시간과 베소를 만났던 짙은 시간이 엉켜 있었다. 지금껏 보아 온 여자아이들과는 달리 파벨에게는 특별한 모서리가 있었다. 그때, 축축한 기저귀에서 묘한 온기가 천천히 올라왔다. 케케가 기저귀를 벗기자 절대 잊을 수 없었던 냄새가 코를 찔렀다. 그것은 베소의 냄새, 짐승의 냄새였다. 케케의 코가 그것을 또렷하게 기억해 냈다. 냄새의 근원지는 의심할 바 없이 파벨의 기저귀였다. 어색한 위치에 간신히 붙어 있는 고추는 냄새를 풍기는 것 이외에는 전혀 쓸모가 없어 보였다. 난생처음 남자아이의 고추를 본 케케는 그곳에 코를 박고 유심히 관찰했다. 그리고 그것은 몇년 전에 먹었던 생선알 같다고 생각했다. 불현듯, 이 냄새가 영영 날아가 버릴 것 같다는 불안감이 들었다. 케케는 황급하게 다시 기저귀를 채웠다.

"케케, 왜 그래? 너 부끄러워서 그렇구나?"

이 모습을 보던 두 살 많은 언니가 장난을 쳤다.

"아니에요. 싼 줄 알고 내렸는데, 아니어서 다시 올린 것뿐이에요."

사실 케케는 다시 찾은 그 냄새를 포획하고 싶은 마음뿐이었다. 그 누구에게도 들키기 싫었고, 어떤 누구에게도 뺏기기 싫었다. 은밀한 결심이 서자 파벨을 굵고 높은 나무로 키워 내고 싶었다. 그 순간, 아랫배가 몇 년 만에 다시 요동쳤다.

*

파벨은 입수 기도를 비교적 잘 견뎌 냈지만, 간질이 있었다.

케케는 파벨의 머리 뒤에 떠다니는 손바닥만 한 오로라 조각을 보았다. 이전에 죽은 아이들에게서 희미하게 느껴졌던 것과는 달리 너무나 선명했다. 주변의 언니들을 붙잡고 파벨의 오로라를 가리켰지만, 언니들은 의아한 눈빛으로 케케만 쳐다보았다. 그것은 케케의 눈에만 보였다. 케케는 백치 리자처럼 미친 아이 취급을 받을 게 두려워 더는 '손바닥 오로라'에 대해 말하지 않았다.

어느 날, 손바닥 오로라가 점점 커지더니 파벨이 온몸을 심하게 떨기 시작했다. 간질 발작을 처음 본 케케는 파벨이 추워서 떠는 것으로 생각했다. 먼저 간 세 여자아이를 통해 '작은 아이는 너무 차가워도 죽고, 너무 뜨거워도 죽는다'를 터득한 케케는 당장 파벨을 페치카 옆으로 옮겨서 옷가지로 둘둘 말았다. 아이가 뜨겁게 데워지면서 발작이 조금 줄어들자, 오두막 안에서 냉기가 가장 많이 들어오는 문 쪽으로 옮겨 차갑게 식혔다. 놀랍게도 이 방법으로 떨림이 차츰 줄어들었다. 몇 번 페치카와 문 쪽을 오가는 작업을 반복하자 발작이 완전히 멈추고 오로라도 사라졌다. 이를 지켜본 3번 오두막의 소녀들이 케케에게 박수를 보냈다.

케케는 자신에게만 보이는 손바닥 오로라로 간질 발작을 예측할 수 있었고, 나타샤의 아들 파벨을 지켜 내는 자신이 무척 자랑스러웠다. 자신감이 확고해지자, 파벨의 머리맡에 메모지와 펜을 두고 자세한 관찰 치료 일지를 적기 시작했다. 그렇게 한 달이 지났을 때, 케케는 지금까지의 간질 발작 날짜와 치료 방법을 적은 메모지를 연구원에게 자랑스럽게 보여 주었다. 열세 살 소녀의 꼼꼼한 기록을 보고 깜짝 놀란 연구원은 때마침 교실을 둘러보던 리센코 후작에게 일지와 메모지를 보여 주었다. 리센코 후작은 눈이 휘둥그레지더니 곧 대견스러운 미소가 만발했다.

"기적의 케케는 총명하기까지 하구나!"

후작은 호주머니에서 물고기 문양이 새겨진 작은 양철 상자를 꺼내 안에 있던 검은 사탕 두 알을 케케의 손바닥 위에 떨어뜨려 주었다.

"후작님, 이게 뭐예요?"

"초콜릿이라는 사탕이야."

"감사합니다. 하나는 제가 먹고, 다른 하나는 친구에게 줄게요."

케케는 광장에서 강아지처럼 뛰어놀고 있는 붉은 마녀 리자를 가리키며 후작에게 말했다. 굳이 그럴 필요 없었지만, 굶어 죽을 뻔한 자신을 살려 준 후작에게 더 착한 아이로 칭찬받고 싶어서 뱉은 말이었다.

"총명한 케케는 착하기까지 하구나!"

원하던 칭찬을 받아 낸 케케는 검은 사탕 한 알을 입에 넣었다. 그것은 쓰면서 달았다. 아픔과 기쁨은 온몸을 헤집더니 잔잔한 떨림을 일으켰다. 케케는 이 검은 맛의 떨림이 소냐가 죽었을 때 보았던 후작의 검은 눈물이라고 확신했다. 달콤했던 사탕은 금방 찐득해지더니 입안에 쓴맛만 가득 남았다. 다시 아랫배가 아파 오면서 이상한 징조가 들었다. 그 순간, 징조 위로 섬뜩한 빛이 요동쳤다. 허겁지겁 통나무 오두막으로 돌아와 보니 파벨 머리맡의 오로라가 사라졌고, 어떠한 냄새도 나지 않았다.

파벨은 죽어 있었다.

케케는 울지 않았다. 그리고 주검 앞에서 나머지 한 알의 초콜릿까지 먹어 버렸다.

＊＊

사내는 어느 순간부터 노트와 펜을 꺼내 어머니의 말을 메모하고 있었다.

"리센코의 유전학 이론대로라면, 신생아들은 추위 참기 챔피언인 부모들의 획득 형질을 물려받아 한랭 내성을 타고나야 하잖아요?"

"그렇지. 그런데 그러지 못했어."

노파는 긴 한숨을 내쉬고 보드카를 홀짝 마셨다.

"그 정도면 그냥 실험 실패 아닌가요? 멍청한 실험 때문에 불쌍한 애들만 계속 죽어 나갔네요."

사내는 탁자 위에 펜을 던졌다.

"그래도 후작은 입수 실험을 계속 밀어붙였어. 그러다가……."

"건방지고 잔인한 귀족 놈들! 사람을 물건 취급하는군!"

흥분한 사내가 말을 끊고 주먹으로 탁자를 내리쳤다.

"원래 후작은 인자하고 마음이 무척 여렸어. 하지만 점점 포악하게 변해 갔지."

"왜요? 아이들이 계속 죽어 나가니까?"

"결정적인 사건이 있었어."

흑, 적, 백

　열일곱 살이 넘고 입수 기도 성적이 높은 처녀들은 합동결혼식을 올리고 수도원으로 올라갔다. 그래서 처음에 25명씩 살았던 오두막은 이제 열댓 명만 남았다. 언니들이 빠져나간 자리로 그녀의 아이들이 들어왔다. 하지만 아이들은 몇 개월을 버티지 못하고 싸늘한 주검이 되어 엄마가 있는 수도원으로 다시 돌아갔다.

　홀로드나야의 막내 케케가 열네 살이 되었다. 제법 가슴이 나오기 시작한 소녀에겐 은밀한 비밀이 있었다. 케케는 파벨이 입었던 배냇저고리를 빨지 않고, 몰래 자신의 사물함 깊숙한 곳에 감춰 놓았다. 그리고 모두가 잠든 오로라의 시간, 남몰래 그것을 꺼내 죽은 사내의 냄새를 탐닉했다. 가여운 파벨의 냄새, 강인한 짐승의 냄새. 상반된 감정의 얽힘은 딱 한 번 맛보았던 검은 초콜릿의 맛이자, 숲속에서 단 한 번 맡아 본 베소의 냄새였다.

아랫배가 간지러워 잠에서 깬 어느 새벽. 케케는 또 냄새가 고팠다. 머리맡의 사물함으로 살며시 손을 뻗어 숨겨 놓은 파벨의 배냇저고리를 잡았다. 그 순간 건너편 침대의 누군가가 잠꼬대를 하는 바람에 급하게 손을 이불 속으로 거뒀다. 정지. 쥐 죽은 듯한 고요에 케케는 도둑고양이처럼 민첩하게 배냇저고리를 낚아챘다. '몰래'가 '더 몰래'나 '덜 몰래'가 될 때마다, 수줍은 맥박이 춤을 췄다. 이불을 뒤집어쓰고 콧구멍을 벌름거리며 점점 희미해지는 파벨의 냄새를 탐했다. 까닭 모를 간지러움, 깊이를 알 수 없는 짜릿함. 이 순간 케케는 아득하게 아늑해졌다.

그때, 오두막 문이 살짝 열리더니 커다란 검은 덩어리가 소리 죽여 다가오는 느낌이 들었다. 간신히 폐를 멈췄지만, 심장은 터질 듯이 요동쳤다.

'죽은 남자아이의 배냇저고리 냄새를 맡는 행동을 누군가에게 들킨다면……'

생각만으로도 아찔했다. 원초적인 부끄러움을 감당할 자신이 없었다. 케케는 뒤척이는 척하면서 재빨리 배냇저고리를 뒤춤에 감췄다.

다시 몸을 돌려 이불을 살짝 내리고 실눈으로 검은 덩어리를 보았다. 그것은 분명 사람이었다. 뚱보 군인 미챠처럼 배가 나왔지만, 팔다리가 얇고 어딘가 약해 보였다. 용기를 내어 검은 물체의 머리를 슬그머니 올려다보았다.

그 순간, 둔중한 검은 물체가 케케 쪽으로 무너졌다. 비명이 목젖을 통과했을 때, 세차게 날아온 차가운 손이 케케의 입을 틀어막았다.

"쉿! 케케! 나, 나타샤야."

벽돌이 된 케케는 눈만 동그랗게 뜰 수 있었다. 검은 물체는 나타샤였다. 결혼식이 끝나자마자 수도원으로 올라간 새신부 나타샤. 그 후 5년간 한 번도 보지 못했던 나타샤 언니가 맞았다. 삼킨 비명으로 목이 메었다.

"내 아이들 보러 몰래 빠져나왔어."

케케는 목소리가 새 나가지 않게 이불을 고쳐 덮었다. 반가움과 궁금함에 마음이 급했지만, 애달픈 언니의 질문을 먼저 해결해야 했다.

"둘 다 죽었어요. 소냐는 3년 전에, 파벨은 며칠 전에……."

케케는 목구멍을 바늘구멍같이 오므려 귓가에 애도를 불어넣었다.

"소냐? 파벨? 그게 내 아이들의 이름이니?"

"몰랐어요? 첫째는 소냐, 그리고 남동생 파벨."

움직임과 속삭임이 정지했다. 이 멈춤의 순간이 끝나면 나타샤가 분해될 것 같았다. 이불 속에서 케케는 나타샤를 꽉 붙잡았다. 언니로부터 무엇인가가 계속 빠져나가고 있었다. 주위 담을 수 없었다. 나타샤가 점점 차가워졌다. 언니를 살리기 위해 케케는 있는 힘껏 그녀를 안았다. 차갑고 묵직한 무엇 때문에 찰싹 안을 수 없었다. 나타샤는 만삭이었다. 케케는 자신의 온기를 언니의 배에 전하려 안간힘을 썼다. 그러는 사이, 빠져나오던 무엇이 끝나가면서 나타샤의 맥이 느려지고 있었다. 이 누수를 막기 위해 뭐라도 해야 했다.

"언니, 이거! 이거, 파벨이 입었던 옷이에요. 냄새 맡아 봐요."

배냇저고리를 나타샤의 코에 들이밀었지만, 숨결을 느낄 수 없었다. 케케는 너무 무서워서 눈을 질끈 감았다. 빈 자루 같던 나타샤가 간신히 입을 열었다.

"케케, 내 말 잘 들어. 어떻게 해서든지 여기를 빠져나가. 너는 할 수 있어. 알았지?"

건너편 침대에서 뒤척이는 소리가 나서 케케는 고개만 끄떡거렸다.

"나 돌아갈게. 눈 꼭 감고 그대로 누워 있으렴, 기적의 케케."

나타샤는 사라지는 연기처럼 이불을 빠져나갔다. 나타샤의 머리에 오로라가 뜰 것만 같아서 케케는 한참 동안 눈을 뜨지 않았다. 꿈과 현실이 구분되지 않았다. 케케는 그대로 깊이 가라앉았다.

*

새벽녘, 군인들의 어수선한 소리에 눈을 떴다. 당황한 군인들이 마을의 이곳저곳을 돌아다니며 무엇인가 애타게 찾고 있었다. 서홀로드냐야의 소녀들은 쑥덕거리며 평소처럼 입수 기도를 위해 얼어붙은 저수지에 둘러섰다. 케케는 그들이 찾는 것이 무엇인지 알았지만, 뇌와 입이 얼어붙었다. 오늘따라 날이 더 추워진 느낌이 들더니 입김에서 바스러지는 소리가 났다. 곧 쓰러질 것만 같았다.

수도원의 7시 종이 울렸다. 그 낮은 울림이 아랫배에 멍을 만들고 있었다. 케케는 그 멍이 몸 안인지 밖인지 알 수 없었다. 날카로운 서리가 뼈를 파고들면서 오한이 올라왔다. 케케는 크게 휘청였다.

"모두 입수 중단! 모두 주목!"

단체 입수를 하려는 순간, 리센코 후작이 다급하게 달려왔다. 살얼음을 깨며 발을 담갔던 소녀들이 다시 뭍에 섰다.

"혹시 어제, 오늘 나타샤를 본 사람 있나?"

모두가 놀란 표정으로 서로의 얼굴만 쳐다보았다. 그러자 후작이 허리춤에서 장검을 뽑아 들었다. 후작 주변에 있던 소녀 몇 명은 깜짝 놀라 뒤로 넘어졌다.

"있냐고! 거짓말했다간 이 자리에서 다 죽을 줄 알아!"

늘 인자했던 후작의 눈은 의심과 협박으로 이글거렸다. 그는 소녀들이 지금까지 알고 있던 리센코 후작이 아니었다. 저수지에는 깨진 얼음장 같은 침묵이 흘렀다. 모두를 노려보던 후작은 칼을 다시 칼집에 넣고 입수를 지시했다.

제정신이 아닌 케케는 죽은 나무처럼 서 있었다. 죽어 있었기 때문에 후작이 무섭지 않았다. 간신히 발을 땅에서 떼어 뒤꿈치로 저수지의 얼음을 깨고 그대로 몸을 밀어 넣었다. 깨진 얼음 조각들이 살점을 찢어 내는 듯하더니 종소리에 멍든 아랫배가 뜨거워졌다. 케케는 물속에서 어수선한 죽음을 감지했다.

'작은 아이는 너무 차가워도 죽고, 너무 뜨거워도 죽는다.'

케케 주변으로 짙고 붉은 아지랑이가 떠올랐다. 이를 보고 놀란 주변 소녀들이 비명을 질렀다. 케케는 흰 눈동자와 창백한 입술로 비명을 향해 생긋 웃고는 그대로 물속으로 쓰러졌다.

"초경이야!"

저수지 옆에서 입수 시간을 기록하던 연구원들이 소리쳤다. 물속의 소녀들이 달려들어 케케를 뭍으로 끌어 올

렸다. 하녀들이 서둘러 케케의 사타구니에서 피를 닦아
내고 담요를 덮었다. 소란이 잠잠해질 즘 또 다른 비명이
하늘을 찢었다. 저수지 한가운데로 너무나 흰 동그라미
가 떠올랐다. 딱딱하게 얼어붙은 나타샤의 배였다. 시신
은 뱃놀이하듯 유유히 저수지를 가로지르더니 케케가 쏟
아 낸 핏빛 수면까지 떠내려왔다.

"건져 내!"

후작이 신경질적으로 소리쳤다.

＊＊

"생전 처음 본 사람과 결혼하는 것도 이상한데, 자기가
낳은 자식을 아예 보지도 못했던 거예요?"

사내가 펜을 놓고 물었다.

"그렇지. 지하에서 아이를 낳으면 곧장 후작의 하녀들
이 수도원 3층에 있는 보육실로 데려가 키웠어. 그리고
한 살이 되면 바구니에 담아 서홀로드나야로 데리고 내
려왔지."

"어떻게 그런 짓을……."

사내는 자리에서 일어나 천천히 창가로 갔다.

"그 안에만 갇혀 있었으니, 그게 이상한 것인지, 나쁜
것인지조차 몰랐어. 하지만 확실한 건…… 아무도 가르

쳐 주지 않았지만, 본능적으로 느꼈던 건……."

노파가 말 사이를 늘였다.

"모성애야. 이별과 죽음을 겪으면서 모두가 알아챘지. 그것은 몹시도 슬프다는 것을."

둘은 아무 말도 하지 않았다. 그사이 페치카의 불길이 약해지면서 기분 나쁜 한기가 들었다. 노파는 몸을 일으켜 세워 놓았던 마른 장작을 던져 넣었다.

"어머니는 나타샤의 말대로 탈출 시도를 했어요?"

사내가 어머니의 등을 향해 말을 던졌다.

"호시탐탐 기회를 노렸지. 하지만 그 자살 사건 이후로 군인들의 경비가 매우 삼엄해졌어."

"그래서요?"

"나타샤의 자살 이후로 많은 게 바뀌었어. 입수 기도 성적이 좋은 처녀들은 결혼식도 없이 수도원으로 올라갔어. 그렇게 한 명, 두 명씩 오두막에서 사라졌지. 홀로드나야의 막내였던 내가 열여섯 살이 될 때쯤, 한 채에 25명씩 살았던 통나무 오두막에 고작 대여섯 명 정도만 남았어. 그래서 한 명이 없어지면 금방 눈에 띄었어."

"탈출은 엄두도 못 냈겠네요."

"그리고 사람이라는 동물은 익숙해진 주변 환경이 바뀌는 걸 참 두려워해. 시간이 흐르자, 반쯤 미친 나타샤가 나에게 헛소리를 한 건 아닌가 하는 생각도 들더라고. 홀로드나야 밖은 미지의 세계였고, 평생을 갇혀 지낸 소녀가 감당하기엔 너무 무서웠어. 게다가 난 꽃 꺾으러 담을 넘었다가 굶어 죽을 뻔했던 적도 있었고. 그렇게 아주 자연스레 탈출 생각을 접게 되었지. 결정적으로……."

"결정적으로 뭐요?"

사내가 다시 의자에 앉았다.

"나는 아이들을 돌보는 게 무척 좋았단다. 누구의 자식인지 알 수 없었지만, 아이들의 표정에 친했던 언니들의 얼굴이 살짝 묻어 있었어."

"한 살짜리 애한테 무슨……."

"아니야. 수도원에서 내려오는 아이들의 나이가 다양해졌어. 이전처럼 한 살짜리도 있었지만, 세 살짜리도 있었지."

"왜죠?"

"리센코 후작이 규칙을 바꾼 거 같았어."

"한 살짜리 애들이 입수 족족 죽어 나가니까?"

"그렇지. 나타샤 자살 이후, 리센코는 쫓기는 사람처럼 초조해지더니 신경질이 잦아졌어. 자신은 한랭 내성이 생기지 않는다고 판단했는지 더는 입수도 하지 않았고. 실제로 그는 정말 추위를 많이 탔어. 그렇게 오랜 기간 매일 아이들과 함께 입수했지만, 그는 매번 가장 먼저 물에서 뛰쳐나왔거든."

"어디 보자……. 황제가 1859년부터 20년 기한을 준다고 했으니……."

사내가 어머니의 이야기를 받아 적은 노트를 몇 장 넘겨 햇수를 계산했다.

"후작은 점점 말과 행동이 난폭해지고 사악해졌어. 아이들은 물론 수도원의 연구원, 군인, 하녀 모두 그를 두려워하기 시작했지."

"황제와 약속한 기간은 7년밖에 안 남았는데, 뚜렷한 성과가 없었기 때문에 그랬던 거 아닌가요?"

"그랬겠지. 아무튼, 후작은 난관에 봉착했고, 수단과 방법을 가리지 않고 돌파구를 찾아보려 했던 거 같아."

초조한 총성

1872년, 홀로드나야를 세운 지 13년째. 리센코 후작은 자신의 청춘을 고스란히 바친 연구가 틀렸다는 것을 인정할 수 없었다. 후작의 '획득 형질의 유전' 이론대로라면 수년간의 노력으로 추위를 잘 견디는 형질 즉, '한랭 내성' 형질을 획득한 부모 밑에서 낳은 아이는 절대 얼어 죽을 수 없었다. 그런데 '추위 견디기 챔피언'인 베소와 나타샤 사이에서 태어난 소냐와 파벨은 채 두 살이 되기 전에 모두 죽었다.

리센코 후작은 앞이 캄캄했다. 그는 영국에 있는 옛 스승 골턴에게 편지를 보내, 난관에 봉착한 실험에 대해 솔직하게 털어놨다. 간곡하게 조언을 구했고, 13년간 꼼꼼하게 기록한 실험 자료를 동봉했다.

얼마 후, 영국에서 소포와 함께 답장이 왔다. 골턴은 우선 리센코의 치밀한 실험 설계를 높이 평가했다. 그리

104

고 걱정하는 옛 제자에게 '발현'이라는 개념을 소개했다. 골턴 역시 부모가 획득한 한랭 내성 형질이 아이들에게 유전된다는 사실을 믿어 의심치 않았다. 단, 아이의 몸속에 분명히 존재하는 한랭 내성 형질의 스위치가 꺼져 있을 거라고 했다. 즉, '분명히 있지만, 아직 발현되지 않았다'라는 말이었다. 골턴의 생각에 한 살짜리 아기는 획득 형질의 유전과는 상관없이, 혹독한 환경에 너무 취약하므로 한랭 내성이 '유전되었다, 유전되지 않았다'를 판가름할 수 없다고 지적했다. 골턴은 부모로부터 받은 획득 형질이 발현될 수 있는 여섯 살까지 아이들을 키운 후에, 입수 기도를 통한 한랭 내성을 측정해 보라고 제안했다. 그는 이에 덧붙여 우생학적인 관점으로 봤을 때 홀로드나야처럼 혹독한 추위 속에서도 한랭 내성이 생기지 않는 실험체는 '열성 개체'가 확실하며, 이들이 아이를 갖게 해서는 안 된다고 강조했다.

　편지와 동봉된 책은 골턴이 최근 출간한《유전적 천재》와 그의 사촌 찰스 다윈이 쓴《인간의 유래와 성 선택》이었다. 편지의 끝에 골턴은 급변하고 있는 유전학 연구의 최신 지견이라고 두 책을 소개하며, 후작의 '획득 형질 유전' 연구에 작으나마 도움이 되길 바란다며 답장을 마무리했다.

꼼꼼히 편지를 읽은 리센코는 안도의 숨을 내쉬었다. 형질이 발현되는 여섯 살 이후에 입수 기도를 하라는 골턴의 제안은 일리가 있었다. 하지만 황제와 약속한 기한이 이제 7년밖에 남지 않았기에 시간이 촉박했다. 초조해진 후작은 절충안을 택하기로 했다. 그는 곧장 자신의 집무실에 연구원 전원을 집합시켰다. 그리고 수도원 지하에서 태어나는 아이들의 절반은 기존대로 한 살부터 서홀로드나야로 내려보내 입수시키고, 나머지 절반은 수도원 3층 격리 보육실에서 세 살까지 키운 후에 내려보내라고 지시했다. 후작의 해산 명령에 연구원들이 서둘러 빠져나가고, 수석 연구원인 바빌로프만 남았다.

"바빌로프, 나에게 뭐 할 말 있나?"

"분부대로 단 한 명도 빠짐없이 시행했습니다."

바빌로프가 들고 있던 가방에서 자루를 꺼내 공손하게 내밀었다. 자루 안에는 새끼손톱만 한 살점들이 한가득 들어 있었다.

"술 한잔하겠나?"

자루 속을 확인한 후작은 보드카를 땄다.

*

"잘린 귀도 유전이 되는지를 보시려는 겁니까?"

잔을 받은 바빌로프가 후작에게 질문했다.

"하! 참! 이래서 부잣집 헛똑똑이는 한계가 있어. 자네는 지금까지 내 밑에 있으면서 뭘 깨달은 거야?"

후작은 술잔에다 혀를 찼다.

"죄송합니다. 잘린 귓불은 획득 형질이 아니겠죠?"

"당연하지. 유대인 남자들은 태어나자마자 거기 껍질을 자르잖아. 그렇게 자르고 잘라도 몇천 년 동안 또 자르고 있잖아. 타의에 의해 잘려 나간 부분은 유전이 되지 않아. 내가 자네에게 귓불을 자르라고 시킨 건 그냥 내 위대한 실험의 표식일 뿐이야."

후작은 자루를 벽난로에 던지고 보드카를 병째로 들이켰다. 고기 타는 냄새가 보드카의 독기를 더했다. 리센코는 파이프 담배를 집어 들었다.

"내 이론의 핵심은 '노력의 알갱이'야. 동물이 외부 환경과 싸우면서 세포 내부에 기록되는 그 알갱이. 높은 곳에 매달린 나뭇잎을 따 먹기 위해 목을 빼려는 기린의 노력. 이런 육체적인 노력의 알갱이가 자식들에게 전달되는 거야. 정신적인 것도 가능해. 똑똑해지기 위해 오랫동안 공부한 노력, 이것이 눈에 보이지 않는 알갱이가 되어 유전되는 거지. 판사 집안에는 대를 이어 판사가 나오지. 성품도 마찬가지야. 착해지려고 오랫동안 선행을 베풀었던 노력, 반대로 악마가 되려고 악행을 저지르고 남을 죽이려 했던 그 의지! 그 의지의 입자! 이봐, 바빌로프. 주변을 둘러보며 생각해 봐. 범죄자 집안에는 범죄자가 많아. 안 그런가? 노력을 해야 해. 노력을! 매 순간에 노력을! 끊임없이! 그래야 그 의지와 노력이 세포에 새겨지고, 그 특징이 알갱이로 응축되어 자식에게 전달되는 거야. 그게 바로 획득 형질의 유전이야. 그런 개인의 특징이 모이면 민족성이 돼. 한랭 내성도 추위를 이기려는 오랜 노력 끝에 결국 한 명 한 명에게 그 알갱이가 장착될 거고, 그게 대물림될 거야. 그렇게 한랭 내성은 러시아의 민족성이 될 거야! 되고야 말고!"

108

"네, 후작님. 그런데 지금 유럽에서는 생식질 설을 주장하는 바이스만을 중심으로 획득 형질의 유전을 전면 부인하고 있다고 합니다."

"아우구스트 바이스만! 내가 프라이부르크에서 공부할 때 만난 적 있지. 꼬리를 자른 쥐끼리 교배해서 낳은 새끼 쥐들의 꼬리는 몇 세대를 반복해서 잘라도 절대 짧아지지 않을 거라고 힘주어 주장하더군. 지극히 당연한 걸 마치 대단한 발견이나 한 듯 신나게 떠드는 바보였어. 짧은 꼬리를 갖기 위해 쥐가 노력한 것이 아니니, 그건 획득 형질이 아니야. 꼬리가 잘린 쥐 안에는 노력의 알갱이가 없어. 그러니 당연히 자손에게 유전되지 않지. 유대인의 할례처럼 말이야."

가만히 듣고 있던 바빌로프는 술 한 모금 들이켜고는 큰 결심을 한 듯 입을 뗐다.

"후작님 좀 외람되지만, 학계에서 라마르크주의가 조금씩 힘을 잃어 가는 것 같습니다."

"야! 외람될 거 같으면 아예 입을 벌리지 마!"

리센코는 지옥의 왕처럼 소리쳤다.

"제가 주제넘게…… 죄송합니다."

겁먹은 바빌로프는 본래의 하인으로 돌아왔다.

"라마르크주의에 입각한 내 획득 형질 이론은 식물, 작물에도 적용할 수 있어. 내가 완성할 한랭 내성의 유전은 우리 러시아에 영원한 축복을 내려 줄 거야."

흥분한 후작을 바라보는 바빌로프의 눈빛이 안쓰럽게 흔들렸다. 그는 가방에서 보고서를 꺼냈지만, 차마 후작에게 건네지 못했다.

"그 서류는 뭔가?"

진정한 후작이 바빌로프의 손에서 떨고 있는 종이를 보고 말했다.

"저번에 지시하신 실험군과 대조군의 통계 자료입니다. 어제서야 계산을 다 마쳤습니다."

"그래? 지금까지의 결과가 어떤가? 말해 보게. 얼마나 상승했지?"

후작의 눈빛이 종이를 관통했다.

"저…… 그게……."

바빌로프의 망설임에 후작의 미간이 찌그러졌다.

"저에게 가르쳐 주신 골턴의 통계 분석을 썼는데……
실험군과 대조군 간의 뚜렷한 차이가 없습니다……."

리센코는 바빌로프의 서류를 낚아채 숫자 하나하나를
뚫어지게 읽었다. 잠시 후 후작은 소파에 털썩 주저앉았
다. 그는 미친 사람처럼 웃기 시작했다.

"괜찮아. 괜찮아. 골턴이 괜찮다고 했어. 바빌로프! 여
기 있는 숫자들 몇 개를 좀 바꿔서 다시 계산해 가져와."

"저…… 후작님. 통계 숫자를 조작하라는 말씀인가
요?"

순식간에 후작의 눈빛이 검고 딱딱하게 고정되었다.

"숫자 속에 있는 사람은 아무것도 결정하지 못해. 숫자를
세는 사람이 모든 것을 결정하지."

후작은 새 보드카 병을 열면서 나가라는 손짓을 했다.

"바빌로프!"

집무실 문을 닫으려던 바빌로프가 뒤돌아섰다.

"이건 자네와 나만의 비밀일세."

*

다음 날 후작은 광인이 되어 있었다. 흥분한 그는 입

수 기도 규칙을 완전히 바꿨다. 지금까지는 입수 성적이 향상되면 특별식과 결혼이라는 상을 주었지만, 하위권들만 남겨진 지금 상황에선 한계가 있었다. 후작은 촉박한 시간 안에 평균 이상의 한랭 내성을 장착하기 위해 채찍을 들었다. 기준 시간을 못 채우고 저수지에서 뛰쳐나오는 처녀들에게 채찍을 휘둘렀고, 하위 5명에게는 식사 배급을 금지했다. 그렇게 한랭 내성을 획득하지 못해 결혼이 미뤄진 열일곱 살 이상의 처녀 6명이 굶어 죽거나 얼어 죽었다. 채찍을 든 뒤부터, 후작은 죽은 아이들을 안고 수도원 언덕에 오르지 않았다.

후작은 이제 서른 명 남짓 남은 서홀로드나야의 여자아이들을 3번 통나무 오두막 한 채에 몰아넣었다. 그리고 페치카 난방도 반으로 줄였다. 피폐해진 처녀들은 비좁아진 오두막에서 죽어 가는 아이들을 돌보며 하루하루를 견뎌 냈다. 3번 오두막에 남은 처녀들은 추위보다는 공포에 한기를 느꼈다. 그들은 옹크린 채 서로를 부둥켜안고 미지근한 체온을 나눴다. 그렇게 몇 달이 흘렀다.

*

1873년, 어느덧 30대 후반이 된 리센코는 사나운 콧수염을 기르기 시작했다. 날이 더 매섭게 추워지자, 후작은 두꺼운 외투를 두 겹으로 입었다. 그리고 채찍과 권총이 채워진 두꺼운 가죽 벨트를 매고 매일 입수 기도를 감독했다. 그는 늘 들고 다니는 수첩과 펜으로 아이들의 입수 시간과 체온을 냉정하게 기록했고, 동상에 걸려 벌벌 떠는 아이를 가차 없이 채찍으로 내리쳤다.

그러던 어느 날, 저녁 입수 기도가 끝나고 동홀로드나야에서 한 발의 총성이 하늘을 찢었다. 소녀들은 6년 전 나타샤와 베소의 결혼식 때 처음으로 들었던 축하 사격을 떠올렸다. 하지만 총성이 찢어 낸 자리에는 하객의 환호 대신 한 남자의 외마디 비명만 있었다. 총성을 쫓아 하늘로 치고 올라가던 비명은 이내 힘을 잃더니, 무너지듯 추락했다.

잠시 후, 동홀로드나야 쪽에서 후작이 화난 발걸음으로 빠르게 언덕을 올랐다. 그의 허리춤에서 흰 연기가 초조하게 올라왔다.

그날 이후, 저녁 입수가 끝나는 시간에는 하루도 거르지 않고 한 발의 총성이 동홀로드나야의 하늘을 갈랐다.

"동홀로드나야의 총소리는 뭐예요?"

사내는 총성에 주목했다.

"후작이 입수 기도에서 가장 먼저 뭍으로 올라오는 그날의 꼴찌를 총살했어. 모두가 보는 앞에서."

말하고 나서 노파는 아들의 주목에 주목했다.

"아! 매우 확실한 방법을 택했군요!"

사내의 눈빛은 뭔가를 깨달은 듯이 날카로웠다.

"한 명씩, 한 명씩. 아무리 노력해도 한랭 내성이 생기지 않은 남자들은 모두 후작의 손에 죽임을 당했어."

"후작이 통계 숫자를 조작하려고 열성 개체를 제거한 거네요."

어느새 사내는 후작의 결단에 동조하고 있었다.

"사람이 추위를 느끼는 게 열등한 거니? 그게 죽어 마땅한 죄야? 그 뭔지도 모를 숫자들 때문에?"

노파가 아들을 쏘아붙였다. 사내는 논리적으로 반격할 수 있었지만, '내 어머니니깐 참는다'는 듯한 표정 뒤로 후퇴했다.

"아무튼, 눈앞에서 동료의 처형을 본 사람들은 잔뜩 겁을 먹고 엄청 열심히 저수지에 몸을 담갔을 거 같은데요?"

"모두의 입수 성적이 쑥쑥 올라갔지. 굶어 죽지 않기 위해, 맞아 죽지 않기 위해 이를 악물고 영하 50도의 얼음물을 버텼어. 나는 결혼 적령기인 열일곱 살도 안 되었

지만, 채찍에 맞아 등이 찢어진 언니들을 보면서 이를 악
물고 추위를 참아 냈어."

주름진 노파의 눈고랑에 눈물이 누웠다.

"나는 너무 무서웠어. 행복했던 홀로드나야는 점점 사
라지고, 적막하고 살벌한 곳이 되었어. 250개의 체온, 그
작지만 북적였던 온기는 온데간데없고, 듬성듬성 앙상한
가지만 남은 폐허가 됐지. 소녀들의 재잘거림과 웃음이
만발했던 통나무 오두막은 이제 낙오된 처녀들의 신음과
죽어 가는 아이들의 울음이 몸부림치는 지옥으로 변했
어. 그래, 지옥. 악마 리센코가 지배하는 지옥. 나는 그곳
에 있었고, 그것을 견뎌 냈다."

사내는 조용히 보드카를 마셨다.

"그러면 어머니는 언제 수도원으로 올라갔어요?"

"열일곱 살이 채 못 되어서. 붉은 마녀 리자가 죽고 나
서 올라갔지."

노파가 눈물을 훔치며 일어나 벽에 걸린 성모 이콘에
입을 맞췄다.

"붉은 마녀 리자? 몰래 감자를 주었던 백치?"

·

붉은 마녀 리자

리자는 서홀로드나야에서 유명한 백치였다. 태어날 때
부터 붉은색이었던 곱슬머리는 처녀가 되면서 시뻘건 산
불처럼 타올랐다. 이런 산발도 눈에 띄지만, 눈썹 아래부
터 콧방울 사이의 공간을 가득 채운 커다랗고 검은 눈동
자는 한 번 보면 절대로 잊을 수 없었다. 여기에 미간에
부적처럼 박혀 있는 새끼손톱만 한 붉은 반점은 리자의
정점이었다. 이런 외모에는 '붉은 마녀' 말고는 달리 붙일
수 있는 별명이 없었다. 케케와 동갑인 그녀는 말을 깨우
쳤지만, 읽고 쓸 수는 없었다. 겨우 깨우친 말로도 정상적
인 대화는 불가능했다. 대신 리자는 오로라와 대화를 했
다. 리자는 눈송이를 '오로라의 부스러기'라고 하면서, 하
늘을 향해 입을 벌려 떨어지는 눈을 받아먹었다. 모든 행
동을 몸이 시키는 대로 했다. 추우면 오므라들고, 배고프
면 먹고, 졸리면 잤다.

아홉 살 이후부터 리자는 입수 기도에만 참석하고 그 외의 모든 일과에서 빠졌다. 모두가 수업받고, 일하고, 아기를 볼 때, 리자는 이 오두막 저 오두막을 기웃거리거나 광장에 쌓인 눈 위에서 혼자 뛰어놀았다.

마녀 리자 앞에 '붉은'이 붙은 이유는 미간의 빨간 반점과 빨간 머리카락 때문이기도 했지만, 유난히 붉은색에 집착하는 리자의 기괴한 행동 때문이기도 했다. 수업을 위해 수도원 언덕에서 내려온 한 선생님이 붉은 옷을 입고 있었는데, 리자는 말뚝 울타리 위에서 선생님에게 뛰어올라 붉은색 옷을 미친 듯이 혀로 핥았다. 붉은색 오로라가 드리울 때면 리자는 혼자 눈밭에서 주술 같은 노래를 부르며 괴상한 춤을 추기도 했다. 이름 모를 빨간 새를 쫓아 말뚝 울타리를 넘으려다 뚱보 미챠에게 붙잡힌 적도 여러 번이었다.

리자의 가장 엽기적인 행각은 케케가 초경으로 쓰러졌던 날 일어났다. 케케가 쓰러지고 동시에 만삭의 나타샤 시신이 저수지 중간에서 떠올라 모두가 공황에 빠진 순간에, 리자는 케케가 피를 흘렸던 곳으로 와서는 둥둥 떠 있던 붉은 핏덩이를 양손으로 떠서 마셨다. 피와 죽음 그리고 마녀. 이 셋이 뭉쳐 있는 장면에 모두의 모든 털이 곤두섰다. 이 충격적인 사건 이후, 원래도 관심 밖이었던 리자를 모두가 애써 피해 다녔다. 수도원의 어른들도 음

산하고 불길한 기운을 풍기는 리자를 꺼렸고, 홀로드나
야로 내려갈 때는 절대로 붉은 옷을 입지 않았다.

*

통나무 오두막이 하나로 통폐합되고 '붉은 마녀 리자'
는 '기적의 케케' 옆 침대를 사용하게 되었다. 한 살 때 이
곳으로 들어와 열여섯 살의 처녀가 된 두 소녀는 매우 대
조적이었다. 케케는 알, 애벌레, 번데기를 거쳐 매혹스럽
고 아름다운 나비가 되었지만, 리자는 거대한 애벌레가
되어 있었다. 나비로 변태할 힘을 모조리 몸집을 불리는
데 써 버린 것처럼, 리자라는 애벌레의 미숙한 마디마디
에는 초자연적 힘이 꿈틀거렸다.

채찍과 총을 든 리센코는 모두에게 예외였던 리자를
그대로 방치하지 않았다. 리자의 마력도 후작의 폭력 앞
에서는 맥을 못 췄다. 저수지에 입수하면 얼마를 못 참고
뛰쳐나오기 일쑤였기에 리자는 채찍 세례를 피할 수 없
었고, 그 벌로 며칠을 굶어야만 했다. 아무도 말을 꺼내
지 않았지만, 리자는 맞아 죽기 전에 굶어 죽겠다고 생각
했다. 타오르던 붉은 산발은 풀이 죽었고, 검은 눈에 황
달이 졌다. 심지어 미간의 붉은 점까지 창백해졌다. 천진
난만하고 싱싱했던 애벌레는 급격하게 쪼글쪼글해졌다.

케케는 생명의 은인인 리자가 안쓰러웠지만, 자신을 추스르기도 버거웠다. 절망의 상황은 지친 모두를 이기적으로 만들었다. 차라리 후작이 리자를 고통 없이 죽여 주었으면 하는 생각까지 들었다. 이런 와중에 수도원에서 내려온 아이들은 점점 늘어났고, 돌볼 손은 이런저런 이유로 줄어들었다.

아직 결혼하지 못한 언니들은 과도한 입수로 동상에 걸렸고, 급기야 괴사한 발가락을 잘라 내어 제대로 걸을 수도 없었다. 갓 스무 살 된 한 언니는 저수지에서 돌아오는 길에 심장 마비로 급사했고, 다른 스물두 살 언니는 채찍에 맞은 상처가 곪더니 열이 펄펄 끓어 죽었다. 급기야는 탈출 사건까지 벌어졌다. 하지만 얼마 못 가 군인들에게 잡혀 끌려왔고, 리센코 후작은 탈주범의 발목에 쇠사슬을 묶고 창고에 가둬 굶겨 죽였다.

*

탈출의 여파가 잠잠해질 무렵 또 한 명이 밤을 틈타 사라졌다.

스물네 살로 서흘로드나야에서 가장 연장자인 타티아나였다. 유난히 추위를 많이 타는 타티아나는 죽은 나타샤와 동갑이었지만, 매번 입수 성적이 하위권이어서 여태 결혼하지 못하고 서홀로드나야에 남아 있던 처녀였다. 군인들이 샅샅이 주변을 뒤졌지만, 밤사이 내린 폭설 때문에 도주 흔적을 찾을 수 없었다. 케케는 나타샤 때를 생각하고 저수지의 얼음을 모조리 깨뜨려 보았으나, 아무것도 떠오르지 않았다. 화가 끝까지 난 리센코 후작은 타티아나가 유쥐나야 마을로 도망갔으리라 생각하고 당장 마차를 준비시켰다.

모두가 기진맥진해 포기할 무렵, 유령 같은 리자가 눈 덮인 광장을 미끄러지듯이 가로지르더니 이제는 비어 있는 9번 통나무 오두막 앞에 멈춰 섰다. 마녀의 기운을 감지한 케케는 리자가 멈춰 선 문 앞으로 달려갔다. 덩치 큰 보초 미챠가 안쪽에서 잠긴 나무 걸쇠를 힘으로 부수고 문을 열었다.

타티아나는 거기에 알몸으로 매달려 있었다. 그녀는 평생을 입었던 내의를 찢고 묶어서 세상에서 가장 튼튼한 밧줄을 만들었다. 타티아나는 그 줄에 목을 걸고 몸을 매달았다. 타티아나가 매달려 있는 바로 아래에는 똥과 오줌이 흩어져 있었다. 그녀가 마지막으로 세상에 돌려준 온기는 땅바닥에 딱딱하게 얼어 있었다. 케케는 주저앉아 울음 터뜨렸고, 리자는 타티아나 주변을 돌며 맑은 웃음을 터뜨렸다.

"치위!"

뒤쫓아 들어온 후작은 눈 하나 깜짝하지 않고 명령했다. 열린 문으로 매서운 바람이 밀려 들어왔다. 그 바람에 공중에 매달린 타티아나는 천천히 후작에게서 등을 돌렸다.

*

통나무 오두막을 한 채로 통폐합했을 때, 서른 명 남짓이었던 처녀들은 하나둘씩 죽어 나가 이제 스무 명만 남았다. 그중 절반은 입수 기도와 체벌에 시달려 제대로 일을 하기 힘든 상태였다. 모든 일이 케케 앞으로 쏟아졌다.

몇 달 동안 케케는 고된 시간을 보냈다. 지칠 대로 지쳐 갔다. 얼마나 쇠약했는지 석 달째 생리도 끊어졌다. 입수 성적이 나쁘지 않았기에 제대로 된 식사를 배급받았지만, 꽃 같던 처녀는 하루가 다르게 시들어 갔다. 반면 리자는 하루가 다르게 살이 올랐다. 입수 성적 불량으로 제대로 된 식사도 못 했을 텐데 황달기가 사라진 피부는 팽팽해지고, 붉은 머릿결에는 오로라와 같은 광채가 돌았다. 케케는 바로 옆 침대에서 점점 소생하는 붉은 마녀가 두려웠다.

오로라가 붉게 타올랐던 어느 깊은 새벽.

인기척에 눈을 뜬 케케는 무언가에 홀린 듯이 오두막 밖으로 빠져나가는 리자를 보았다. 용변을 보러 갔겠거니 생각하며 다시 잠을 청했다가 이상한 기분이 들어 리자의 뒤를 밟았다. 리자는 화장실로 가지 않았다. 리자는 붉은 오로라 같은 머리카락을 흔들며 빈 통나무 오두막들의 뒷길을 사뿐사뿐 걸었다. 전혀 경계심 없이 노래까지 흥얼거리며 걷던 리자는 한 오두막에서 멈춰 섰다. 그곳에서 코를 킁킁거리더니 방향을 틀어 문 쪽으로 걷기 시작했다. 케케는 오두막 모퉁이 뒤에 숨어 리자를 훔쳐봤다. 그때 문 쪽에서 거대한 검은 그림자가 나타났다.

"리자! 오늘은 왜 이렇게 늦었어?"

목소리의 정체는 뚱보 군인 미챠였다.

"자 어서 들어가라. 오늘은 새로운 아저씨들이 맛있는 걸 아주 많이 가지고 왔다."

미챠는 리자를 오두막에 밀어 넣고 밖에서 문을 걸어 잠갔다. 너무 놀란 케케는 반쯤 나온 비명을 가까스로 쑤셔 삼켰다. 수상한 낌새를 알아챈 미챠가 케케가 숨어 있는 곳으로 고개를 돌렸다. 케케는 손바닥으로 입을 막고 숨을 멈췄다. 미챠는 장화 안쪽에서 단검을 꺼내 들고 천천히 몇 발짝 더 걸어왔다. 그때 통나무 오두막 안쪽에서 벽을 두드리는 소리가 났다.

"이것 봐. 미챠! 내가 먼저 하는 거야? 아니면 세르게이가 먼저야?"

"작게 좀 말해! 안드레이! 돈 많이 낸 순서대로 한다고 내가 몇 번을 말해? 표트르 나리가 맨 처음이고, 그다음이 세르게이 그리고 네가 마지막이야! 이 발정 난 병신아!"

미챠가 통나무 벽의 틈새로 소리를 쑤셔 넣었다.

"알았다. 이 포주 새끼야! 내가 두 번째로 할게. 이거나 받아 처먹어라. 역겨운 돼지 새끼야!"

통나무 틈새 사이로 은화 한 닢이 삐져나왔다. 미챠는 단검을 다시 장화에 넣고 은화를 집었다.

"세르게이, 이렇게 되면 마지막 번인데 괜찮겠어?"

"어! 뭐, 내가 양보하지. 난 이 주일 전에 첫 순번으로 했으니까."

"자. 그럼, 다들 재미들 봐. 난 망을 볼 테니."

미챠는 담배를 물고 원래 있던 자리로 돌아갔다. 그 틈을 타 케케는 수상한 일이 벌어지고 있는 통나무 오두막의 뒤 벽으로 숨었다. 그제야 이 빈 오두막이 예전에 타티아나가 목매달았던 9번 오두막임을 깨달았다. 터질 듯한 가슴을 가까스로 진정시키고 통나무 틈으로 안을 들여다보았다.

바로 코앞에서 리자 미간의 붉은 반점이 흔들렸다. 벌거벗은 리자는 선 채로 허리만 직각으로 굽혀 테이블 위에 산더미처럼 쌓인 찐 감자와 순록 고기를 허겁지겁 먹고 있었다. 어두워서 잘 보이지 않았지만, 남자 어른 한 명이 리자의 뒤에 바짝 붙어서 자신의 배를 리자의 엉덩이에 세차게 비비고 있었다. 무척 불편하고 마구 흔들리는 자세에서도 리자는 음식을 먹는 데만 열중했다.

얼마 후, 리자에게 붙어 있던 남자가 얕은 신음을 뱉으며 동작을 멈추자, 뒤에서 기다리던 다른 남자가 그를 옆으로 밀쳐 냈다. 그러고는 또 같은 동작을 빠르게 반복했다. 케케는 남자 여럿이 리자를 아주 조금씩 짓눌러 죽이고 있다고 확신했다. 아홉 살 때 리자가 베풀었던 은혜를 갚을 시간이었다. 하지만 케케는 할 수 있는 것이 아무것도 없었다. 자칫 잘못했다가는 저 테이블 위에서 똑같이 당할 거라는 두려움에 온몸이 굳어 왔다.

그때, 통나무 틈으로 리자의 크고 검은 눈과 마주쳤다. 케케를 알아본 그녀는 희미하게 미소 지었다. 7년 전 굶주린 케케가 창고에 갇혀 있을 때와 안과 밖이 뒤바뀌어 있었다. 그때는 케케가 죽어 가고 있었고, 지금은 리자가 죽어 가고 있었다. 두 번째 남자가 세 번째 남자와 교대할 때, 리자가 감자 하나를 통나무 건너편에 있는 케케에게 내밀었다. 케케는 황급히 거절의 손을 흔들었다. 다행히 세 번째 남자는 리자를 괴롭히는 데 흠뻑 빠져 있어서 벽 바깥쪽까지 신경 쓸 틈이 없었다. 리자가 테이블을 짚고 일어서려고 하자, 그는 욕을 뱉으면서 붉은 머리를 움켜잡고 책상 위로 내리쳤다. 리자는 옴짝달싹 못 하고 다시 같은 자세가 되어 버렸다. 리자는 고개를 비틀어 다시 케케와 눈을 맞췄다. 몸 전체가 정신없이 흔들리는 괴롭힘을 당하면서도 마녀는 웃고 있었다. 목이 멜 정도로 입안에 감자를 쑤셔 넣은 붉은 마녀는 분명히 웃고 있었다. 그리고 그녀의 머리카락에서 오로라 조각이 피어올랐다. 케케는 그 붉은 후광에서 색다른 죽음을 감지했다. 그 죽음은 케케가 알고 있던 죽음과는 다른 맛이었다. 그것은 예전에 딱 한 번 먹어 봤던 검은 초콜릿이었다.

세 번째 남자는 양손으로 엎드린 리자의 배와 가슴을 세게 쥐어짰다. 그러자 리자의 입에서 곤죽이 된 누런 감자가 질질 흘러나왔다. 케케는 리자를 구할 수도, 여기서 도망칠 수도 없는 처지였다. 어찌할 바를 몰라 두 눈을 감아 버렸다. 멀리서 밤에는 들을 수 없는 소리가 희미하게 들려왔다. 암흑의 암흑 속에서 간절함을 귀에 집중했더니 귀 끝이 쫑긋 움직였다. 그것은 마차 소리였다.

**

"잠깐! 방금 무슨 소리가 났는데?"
사내가 벌떡 일어났다.

"큰길로 마차가 지나갔나 보지."

노파는 별일 아닌 듯 말했다.

"이 눈보라 치는 밤중에 마차요? 가까이서 들렸는데……"

사내는 도망과 탈옥의 전문가답게 벽에 바짝 붙어 자신을 은폐한 채로 밖을 주시했다. 그때 부엌 뒤에서 뚱뚱한 쥐 한 마리가 사내 쪽으로 튀어나왔다. 아까 추위를 피해 문틈으로 들어왔던 그 쥐였다. 사내는 침입자를 용서할 수 없었다.

"이 쥐새끼가!"

창가의 사내는 날래게 뛰어올라 오른발로 쥐의 꼬리를 밟았다. 사내의 심기를 거스른 짐승은 자기 꼬리를 끊어 낼 기세로 발버둥 쳤다. 사내는 통통하게 살이 오른 쥐의 배를 왼발로 밟아 터뜨렸다. 터진 배에서 새끼 쥐들이 짧은 꼬리를 꼬물거리며 붉은 피와 함께 터져 나왔다. 사내의 콧수염 아래로 희열이 새 나왔다. 도취한 살생자는 죽은 어미 쥐의 꼬리를 집어 들어 그대로 페치카에 던져 넣었다.

노파는 이 잔인한 모습에 경악하기보다는 애통해했다. 그 슬픔의 뿌리가 불타 죽은 어미 쥐와 태중의 새끼들 때문인지 아니면 자신과 곧 유형지에서 얼어 죽을지도 모를 아들 때문인지는 알 수 없었다.

사내는 손을 털고는 주머니에서 파이프 담배를 꺼냈다. 그리고 보드카 한 잔을 가뿐하게 털어 넣고 다시 어머니 앞에 마주 앉았다.

"그래서요?"

사내가 파이프를 까딱까딱 흔들었다. 고기 타는 냄새에 독한 보드카 향이 얽혔다.

노파는 눈을 감았다.

화형

케케는 눈을 떴다. 흔들리는 불빛이 보였다.

마차에 매달린 등이었다. 말발굽 소리는 점점 또렷해졌다. 말이 네 마리라는 것까지 알 수 있었다. 홀로드나야에서 사두마차는 후작의 마차뿐이었다.

"모두 입 다물어! 후작의 마차야!"

당황한 미챠가 손가락으로 통나무 벽을 두드리면서 오두막 안에 경고를 보냈다. 안의 세 남자는 망을 보던 미챠의 보고에 크게 당황한 듯했다.

"조용히 해! 이 머저리들아. 마차는 그냥 수도원으로 올라갈 테니, 5분만 쥐 죽은 듯이 있어!"

미챠가 소리치듯 속삭였다. 리자에게 붙어 있던 남자가 엎드려 있던 그녀의 입을 손으로 틀어막았다. 리자가 몸부림치자 다른 남자가 재빨리 달려들어 그녀의 입에 찐 감자를 쑤셔 넣었다.

9번 통나무 오두막 뒤에서 몸을 공처럼 웅크린 케케는 마차 소리가 가장 커지는 시점을 노렸다. 16개의 말발굽이 귓전을 때리다가 작아지려는 순간, 케케는 벌떡 일어나 마차를 향해 있는 힘껏 달리며 소리쳤다.

"후작님! 살려 주세요!"

갑자기 공처럼 튀어 오른 케케를 보고 미챠가 놀라 뒤로 자빠졌다. 케케는 마차를 향해 필사적으로 소리치며 달렸다. 그러자 미챠는 거대한 몸뚱이를 곧추세우고 케케를 추격했다. 후작의 마부는 케케를 보지도, 듣지도 못한 듯 말의 등에 채찍을 갈겼다. 멀찍이 지나가 버린 마차를 보며 케케가 허망하게 멈춰 서자, 추격하던 미챠는 속도를 늦추고 단검을 뽑았다. 케케는 있는 힘껏, 자신이 낼 수 있는 가장 높은 음의 비명을 질렀다. 그러자 네 마리의 말들이 일제히 앞발을 하늘로 들며 멈춰 섰다.

"뭐야?"

마부 옆자리에 앉아 있던 바빌로프의 목소리가 들렸다. 맥이 풀린 케케는 그대로 눈바닥에 주저앉았다. 그러자 미챠는 단검을 품에 숨기고 허겁지겁 오던 길로 도망쳤다. 한 손에 보드카 병을 든 리센코 후작이 비틀거리며 마차에서 내렸다. 군인 세 명이 후작을 따라 내렸다.

"저기서 남자들이 리자를 죽이려고 해요!"

눈물범벅이 된 케케가 9번 오두막을 가리켰다. 후작이

턱짓하자 뒤따라 내린 군인 세 명이 서둘러 착검하고 미챠를 쫓았다.

*

횃불들이 9번 통나무 오두막 안을 훤하게 밝혔다.

포승줄에 손이 묶인 연구원 표트르와 군인 세르게이 그리고 안드레이와 미챠가 후작 앞에 무릎을 꿇었다. 리자는 구석에 주저앉아 아무렇지도 않게 순록 고기를 뜯고 있었다. 케케가 리자의 헝클어진 원피스 내의를 바로 입혀 주었다.

리센코 후작은 화내지 않았다. 오히려 묶인 이들을 보고 키득거렸다. 한참을 웃은 후작은 비틀거리면서 들고 있던 보드카를 병째로 들이켰다. 그는 뒤에서 대기하던 마부에게 수도원에서 자고 있는 연구원들, 군인들, 하녀들을 한 명도 빠짐없이 깨워 지금 당장 이곳에 집합시키라고 지시했다. 또 케케에게 오두막으로 달려가 모든 처녀를 당장 이곳으로 데려오라고 명령했다.

얼마 후, 후작이 소집한 모든 사람들이 모였다. 상황을 직감한 이들은 쥐 죽은 듯이 조용했고, 오직 횃불들만 이글이글 소리를 내며 타고 있었다. 리자는 배가 불렀는지 먹는 걸 멈추고 이리저리 흔들리는 횃불을 뚫어지게 주시했다. 케케는 오두막에서 들고 온 이불로 리자의 어깨를 감싸고, 허벅지 안쪽에 잔뜩 묻은 뜨끈하고 찐득한 얼룩을 닦아 주었다. 케케는 그것이 리자가 씹다가 뱉은 찐 감자 곤죽이라 생각했다.

"후작님, 잘못했습니다. 죽을죄를 지었습니다."

붙잡힌 남자들 중에 가장 신분이 높은 표트르 연구원이 처음으로 입을 열었다. 후들거리는 목소리였다.

"자! 다 모였지? 지금부터 잘들 봐!"

혀가 꼬인 후작은 휘청거리며 광대처럼 제자리에서 휘릭 한 바퀴 돌더니 좌중을 향해 다리를 꼬며 귀족의 인사를 올렸다. 뭔가에 단단히 취한 후작의 웃음에 케케는 섬뜩했다. 그 검은 웃음은 좀 전에 통나무 틈새로 보았던 리자의 웃음과 똑같았다.

후작은 표트르에게 다가가 허리를 숙여 그의 귀에 대고 속삭였다.

"표트르, 네가 이러면 내 20년 연구가 뭐가 되겠니?"

후작은 싱그럽게 웃으며 뱀처럼 꼬인 혀를 뾰족하게 내밀어 표트르의 귓구멍을 깊숙이 핥았다. 표트르가 목과 어깨를 움츠리자 후작은 날래게 권총을 꺼내 그의 귓구멍에 대고 방아쇠를 당겼다. 깨진 머리에서 터진 피가 사방으로 튀었다. 모두가 겁에 질려 한 걸음씩 뒤로 물러났지만, 리자는 붉은 피가 튄 쪽으로 몸이 튀어 나갔다.

"리자! 살고 싶으면 가만히 있어!"

기적의 케케가 붉은 마녀의 팔을 꽉 붙들어 맸다.

"리센코 후작님! 살려만 주십시오. 제발!"

세르게이와 안드레이가 매달렸다. 후작은 격발 후 흰 화약 연기가 올라오는 권총을 집사 샤토프에게 던졌다. 충직한 집사 샤토프가 익숙한 동작으로 재장전하는 사이 후작은 허리춤에서 장검을 뽑아 들었다. 후작의 칼끝은 세르게이의 사타구니를 관통했다. 신음치고는 너무 빨간 소리가 솟아났다.

"지금까지 그걸로 누구, 누구를 건드렸냐? 말해!"

후작이 바닥에서 뒹구는 세르게이에게 소리쳤다.

"리자! 리자! 저는 리자가 처음입니다. 정말입니다."

"그리고 또 누구를 건드렸어?"

"없습니다. 정말입니다, 후작님!"

헐떡거리는 신음 위로 말이 뛰어갔다.

"알았어."

후작은 칼로 세르게이의 목을 내리쳤다. 덜렁거리는 모가지에서 피가 솟구쳤다. 피를 본 리자가 참지 못하고 꿈틀거렸다. 케케는 있는 힘껏 그녀의 팔을 잡아당겼다.

"너는? 안드레이! 너는?"

후작이 피가 뚝뚝 떨어지는 칼끝을 안드레이의 목에

대자 그는 오줌을 지렸다. 케케는 안드레이의 머리 뒤에서 오로라처럼 빛나는 붉은 후광을 또렷이 보았다.

"리자뿐…… 믿어 주십…… 후작님……."

백지장 같은 공포에 점령당한 그의 눈에서 검은자가 사라지더니 그대로 쓰러져 간질 발작을 하기 시작했다. 발작의 중심점에서 터져 나온 오줌이 동심원을 그리며 점점 커지고 있었다.

"하아! 간질병 새끼까지, 꼴에 남자라고…… 대단하다! 참 대단한 생식 본능이야!"

후작은 칼끝으로 안드레이의 배꼽 아래를 푹 찔렀다. 바로 발작이 끝났다. 빠르게 커지는 붉은 동심원이 오줌이 그렸던 원을 덮어 버렸다. 후작이 칼을 건들거리며 천천히 미챠 앞으로 다가갔다. 죽음을 직감한 미챠는 후작의 장화에 필사적으로 매달렸다.

"후작님, 살려 주세요. 저는 그냥 망만 봤습니다."

후작은 고개를 뒤로 젖히고 한 손에 들고 있던 보드카를 단숨에 비워 버렸다. 그리고 빈 병으로 미챠의 머리를 내리쳤다. 미챠는 깨진 뒤통수를 포기하고 죽기 살기로 후작의 장화를 붙잡았다.

"저는 정말로 망만 봤습니다. 저는 아무것도 모릅니다. 표트르가 다 주도했습니다."

미챠가 죽은 사람을 팔아 치웠다.

"알았어. 안 죽일게. 걱정하지 마. 그러니 이것 좀 놔."

미챠는 밧줄에 묶인 두 손으로 사력을 다해 후작의 왼발을 잡고 있었다. 후작이 빠져나오려고 발을 들자 장화가 벗겨졌다. 미챠가 어찌나 세게 잡고 있었던지 양말까지 벗겨져 후작의 왼발은 맨발이 되어 버렸다.

"하아…… 야! 저것 좀 가지고 와 봐."

후작이 오두막 구석에 있던 낫과 망치를 가리키자, 장전을 마친 집사 샤토프가 재빨리 그것을 들고 왔다. 후작은 미챠의 묶인 손목을 맨발로 밟고 망치로 오른손을 내리쳤다. 비명은 짧았다.

"야! 미챠 이 돼지 새끼야. 지금, 이 오두막 안에 있는 남자들 중에서 홀로드나야 소녀들과 놀아난 놈 있으면 빨리 말해. 그래야 네가 살아."

"없습니다. 저 셋이 다입니다. 맹세합니다, 후작님."

"그래? 지목하지 않으면 네가 죽는 거야."

후작은 망치를 놓고 낫을 들어 미챠의 왼손가락 몇 개를 찍었다. 이번에는 아예 비명이 없었다. 누군가를 빨리지목해야 했기에 비명을 지를 틈이 없었다. 다급해진 미챠가 빠르게 주변을 훑었다.

"저놈이요. 저놈!"

미챠는 없어진 손가락으로 집사 샤토프를 가리켰다.

"후작님, 모함입니다. 미챠가 목숨을 부지하려고 거짓

말을 하는 겁니다."

집사 샤토프는 또박또박 침착하게 말했다. 후작은 집
사가 쥐고 있던 권총을 들었다. 그리고 총구를 샤토프의
이마에 댔다.

"가장 믿을 수 있는 사람이 가장 먼저 의심받아야 할 사
람이지. 그리고 네 재수 없는 말투가 옛날부터 거슬렸어."

후작이 방아쇠를 당기자 샤토프는 나무처럼 쓰러졌다.
횃불이 있었지만, 모두가 얼어붙었다. 성대까지 마비되어
비명조차 지를 수 없었다.

"나는 이제부터 조금이라도 의심이 가면 그냥 다 죽이
기로 했어."

후작이 다시 낫을 들고 한 바퀴 빙 돌며 모두를 둘러
봤다. 그 와중에 미챠는 후작의 발치로 기어갔다. 그는
후작의 왼발 위에 부러지고, 잘리고, 짓이겨진 손가락을
얹었다. 후작의 맨발은 미챠의 피로 붉어졌다.

"잘들 알아 둬! 내가 의심이 생기면, 그게 사실이든 아
니든 간에 무조건 죽인다. 알겠어!"

후작이 소리쳤지만, 아무도 대답할 수 없었다. 미챠가
연신 후작의 왼발에 매달리자 후작이 그의 입을 발로 차
버렸다. 입술까지 터진 미챠는 그야말로 피범벅이었다.

"네! 알겠습니다!"

정적의 정중앙을 뚫고 명랑함이 삐쳐 나왔다. 이 상황

과 정반대인 목소리라 모두가 귀를 의심했다. 역시나 리자였다. 케케가 입을 틀어막았으나 이미 늦었다. 낭자한 붉은색에 몹시 흥분한 리자는 붙잡고 있던 케케의 팔짱에서 빠져나와, 특유의 미끄러지는 걸음으로 땅바닥에 쓰러져 있는 미챠의 등 위에 사뿐하게 앉았다.

"우리 붉은 마녀가 나에게 저주를 퍼부었구나."

후작은 뒤집힌 눈으로 리자를 위아래로 훑어보았다. 남자들로부터 몰래 음식을 얻어먹어 통통하게 살이 붙었지만, 이상하게 배는 더 단단하게 튀어나온 것 같았다.

"배 걷어 올리고 청진기 들어 봐."

후작이 지시하자 바빌로프가 리자의 내의를 들쳐 올렸다. 볼록한 배가 임신 5개월은 되어 보였다. 청진기를 배에 갔다 댄 바빌로프는 후작을 향해 고개를 끄덕였다.

"도대체 나 15년 동안, 이 추운 곳에서 뭐 한 거니?"

후작은 허탈한 웃음을 터뜨리며 고개를 뒤로 젖혔는데, 눈송이를 받아먹던 리자의 모습과 꼭 같았다. 리자 밑에 깔려 있던 미챠는 피범벅이 된 후작의 맨발에 연신 키스를 퍼부었다. 그때 리자가 미챠의 얼굴을 밀치고 후작의 피 묻은 발가락을 깨물었다. 순식간에 벌어진 일이었다. 후작은 비명을 지르며 발을 뺐지만, 리자가 워낙에 세게 물어서 두 번째와 세 번째 발가락의 피부가 통째로 벗겨졌다. 후작은 그대로 바닥에 나뒹굴었고 군인들이 달려와 리자를 떼어 놓았다. 바빌로프가 지혈을 위해 두 발가락을 한데 묶어서 붕대로 칭칭 감았다.

"전부 밖으로 나가!"

후작이 소리쳤다.

*

시커먼 새벽 밤하늘에 붉은 커튼처럼 오로라가 드리워져 있었다. 사람들은 통나무 오두막 앞에서 횃불을 들고 후작이 나오기만을 기다리고 있었다. 미챠가 끝장나는 소리가 먼저 나오고, 바빌로프가 부축한 리센코 후작이 절룩거리며 나왔다. 후작은 바깥 공기가 추운지 온몸을 부들부들 떨었다. 이제 통나무 오두막 안에는 다섯 구의 시신과 리자만 남아 있었다. 후작이 고개짓하자 횃불을 든 군인 한 명이 밖에서 문을 잠갔다.

문 앞에 서 있던 케케는 좁아지는 문틈으로 리자의 마지막 모습을 보았다. 붉은 오로라가 가득한 마녀는 신비로운 미소를 지으며 불룩한 배를 부드럽게 쓰다듬고 있었다. 아니, 부드러운 미소를 지으며 자신의 불룩한 배를 신비롭게 쓰다듬고 있었다. 케케가 지금껏 보아 온 리자의 얼굴 중에 가장 아름다운 얼굴이었다.

"마녀한테는 화형이 제격이지."

엉거주춤 선 채로 후작이 양손에 입김을 불었다. 군인들이 9번 통나무 오두막에 등유를 뿌리고 불을 놓았다. 검은 연기가 밤에 검은색을 덧칠하더니 이내 붉은 불길이 치솟았다.

리자는 비명을 지르지도, 살려 달라며 문을 두드리지도 않았다. 리자는 살아 있었지만 어떤 몸부림도 치지 않았다. 숭고하기까지 한 리자의 초연함에 어른들과 소녀들은 완전한 침묵으로 답례했다. 작별 인사였다. 얼음처럼 굳어 버린 케케의 뒤로 후작이 다가와 어깨에 양손을 올렸다. 징그러운 손길에 온몸이 섬뜩했다.

"리자가 불쌍하니?"

케케의 눈시울에 식은땀이 흘러내렸다. 완벽한 공포에 아무 말도 할 수 없었다.

"케케, 그런 감정은 개나 앓는 질병이란다."

태연하게 불을 쬐던 후작이 콧수염을 만지작거렸다.

땅에서 솟아난 붉은 일렁임이 하늘에서 늘어뜨린 붉은 커튼과 맞닿았다. 케케는 밤하늘을 올려다보았다. 빨간 머리 소녀 리자가 오로라와 불길 사이를 미끄러지듯 날아다니고 있었다.

**

페치카 안의 쥐들은 재가 되었다.

"먼저 간 그녀들에게 신의 가호가 가득하길."

노파가 성모 이콘 앞에 초를 밝혔다.

"그녀들?"

사내는 자리로 돌아와 성모를 향해 기도하는 어머니에게 복수형을 되물었다.

"리자 사건 이후로 후작은 사람들을 태워 죽이는 데 재미를 붙였어."

노파가 성호를 긋고 나서 말했다.

"그 낙오된, 그러니깐 한랭 내성이 생기지 않는 소녀들을 전부 다?"

노파는 힘없이 고개를 끄덕였다.

"유럽물 잘못 먹은 귀족 새끼가 제대로 돌았군."

실험군 정리

모두가 리센코 후작이 미쳐 간다는 걸 알았지만, 아무도 그를 말릴 수 없었다. 후작의 눈빛과 표정은 반대로 움직였다. 눈빛이 무서워지면 표정이 밝아졌고, 표정이 없어지면 눈빛이 빛났다. 그는 덤덤하게 자신을 초월하고 있었다.

리자가 죽고 며칠 뒤, 바빌로프와 몇 명의 연구원이 명단을 들고 3번 오두막으로 들어왔다. 이제부터 아이들은 모두 수도원에서 보육하기로 했으니 밖에 있는 수레에 아기들을 전부 실으라고 했다. 아이들을 가득 실은 수레는 수도원의 언덕길을 올랐다. 그리고 수석 연구원 바빌로프는 지금 있는 오두막이 너무 비좁으니 호명하는 인원은 바로 옆에 비어 있는 4번 오두막으로 거처를 옮기라고 지시했다. 열다섯 명이 곧바로 비어 있던 오두막으로 자

리를 옮겼다. 케케와 호명되지 않은 다섯 명은 그대로 3
번 오두막에 남게 되었다.

*

그날 저녁, 넓어진 공간에 돌봐야 할 아이들도 없어진
오두막에서 케케는 깊은 잠에 빠졌다. 그러다 코를 찌르
는 매캐한 연기와 귀를 에는 비명에 번쩍 잠에서 깼다.

"불이야!"

건너편 침대에 있던 언니가 케케를 흔들어 깨웠다. 둘
은 나머지 네 명을 깨워서 황급히 문밖으로 빠져나왔다.
밖에 나와 보니 오늘 이사를 한 옆 오두막에서 뜨거운
불길이 올라오고 있었다. 총을 든 군인들은 모닥불을 쬐
듯 오두막을 둥글게 둘러싸고 있었다. 오두막 안에서 문
을 두드리는 소리와 살이 타는 기침 소리가 요동쳤다. 곧
꽝음과 함께 통나무 지붕이 역삼각형으로 무너지자, 안
쪽의 소리들은 바로 잠잠해졌다.

케케는 손으로 입을 틀어막고 울었다. 어디서 나타났
는지 케케 옆에 절뚝거리는 검은 그림자가 다가와 섰다.

"열성 인자는 제거해야지."

후작이었다. 그는 뒷짐을 진 채로 불타는 오두막을 지

굿이 바라보며 혼잣말을 했다.

"울지 마라, 케케. 언니들이 너무 추위를 못 참는 거 같아서 내가 따듯하게 해 주려고."

후작은 검은 섬뜩함이었다. 그는 고개를 휙 돌리더니 케케를 위아래로 천천히 훑었다. 케케는 두 손으로 입을 막은 채 눈물만 흘리고 있었다.

"애 좀 벗겨 봐."

후작이 뒤에 있던 연구원에게 지시하자 하녀 한 명이 케케가 입고 있던 원피스 내의의 끈을 풀었다. 얇고 긴 천이 몸의 굴곡을 타고 발목으로 흘러내렸다. 알몸이 된 케케는 여전히 입을 막고 서 있을 수밖에 없었다. 어느새 완숙한 처녀가 된 케케의 몸이 붉은 불에 벌겋게 번들거리자 후작의 눈도 뜨거워졌다.

"이제 열여섯 살이 되었습니다."

옆에 있던 연구원이 수첩을 보며 후작에게 귀띔했다.

"우리 케케가 이제 결혼할 때가 다 되었구나! 그래! 케케는 기적이니 기대해 볼 만해!"

케케는 후작의 눈매가 대견해하고 있으니, 콧수염에 가려진 입매는 끔찍할 거라 짐작했다. 후작이 호주머니에서 작은 양철 상자를 꺼냈다. 물고기가 그려진 뚜껑을 열어 안에 있던 검은 알 하나를 케케에게 건넸다.

"케케, 이거 먹으렴."

초콜릿이었다. 언젠가 후작이 대견한 표정을 지으며 손바닥에 떨어뜨려 주었던, 그 쓰면서 달았던 사탕. 온몸이 떨렸다. 불타 죽은 마녀 리자에게 미처 주지 못했던 달콤함. 간질로 죽은 파벨을 보면서 먹었던 그 찐득한 쓴맛. 떨림은 경련을 불러왔다.

두 손으로 입을 막은 알몸의 케케는 온몸의 근력을 간신히 목으로 끌어 올려 고개를 저었다. 그러자 후작의 눈썹이 미간으로 무너졌다. 그 찡그림을 보고 케케의 떨림은 경련을 넘어 발작 직전까지 갔다.

"안 먹어?"

팔을 내민 후작도 시선을 고정했다. 벌거벗은 케케의 무릎이 미친 듯이 부딪혔다. 이 떨림은 추위 때문이 아니었다. 케케는 이제 고개조차 저을 수 없었다. 모든 것이 멈춘 찰나가 영겁을 빠져나오자 후작이 팔을 거두고 시선을 내렸다.

"요즘 들어서 날이 더 추워진 거 같네. 나만 추운 건가?"

후작이 초콜릿을 다시 물고기가 그려진 양철 상자에 집어넣었다.

"영하 50도로 기온은 비슷합니다."

바빌로프가 말했다.

"그러면 나 한랭 내성 없는 거 맞지? 나 열성인 거야?"

142

바빌로프가 들고 있던 후작의 털 코트를 어깨에 걸쳐 주었다.

"남은 실험군들 내일 다 수도원으로 올려 보내고, 이제 홀로드나야 정리해."

후작이 돌아서며 바빌로프에게 지시했다.

케케는 '실험군'이라는 말이 무엇을 뜻하는지 알 수 없었다. 오두막이 폭삭 주저앉으며 사방에 불똥을 튀겼다. 그렇게 15년 동안 세상에서 가장 춥게 살아왔던 소녀들은 뜨겁게 죽어 갔다.

후작이 불길을 등에 지고 멀어지자, 서서히 강직이 풀리면서 뜨듯한 오줌이 흘렀다. 안도의 오줌은 한숨 같은 김을 내며, 미려한 허벅지 안쪽을 타고 발목에 걸쳐진 가련한 원피스를 적셨다.

**

사내는 아무 말없이 글씨로 빼곡한 노트 구석에 불타는 통나무 오두막을 그렸다.

한숨을 길게 내쉰 노파는 완성되어 가는 그림을 물끄러미 쳐다보았다. 제법 잘 그린 그림이었다.

사내는 그림을 완성하자 펜을 놓고 노트를 테이블 위

에 세웠다. 마치 화가처럼, 사내는 등을 의자 등받이에 붙이고는 팔짱을 끼고 자신의 그림을 감상했다. 그러고는 콧수염 밑으로 매우 흡족한 미소를 지었다.

다시 노트를 눕히고 파이프를 꺼내 물은 사내는 어머니에게 눈빛을 보냈다.

"수도원 안은 어떻게 생겼어요?"

사내는 다시 펜을 잡았다. 그리고 노트 한 장을 넘기고 새 페이지 위쪽 구석에 '수도원, 홀로드나야, 투루한스크'라고 적었다.

수도원

종과 십자가가 있는 곳, 바라만 보았던 곳, 결혼해야만 갈 수 있었던 수도원은 걸어서 단지 20분 거리였다.

케케는 살아남은 다섯 언니들과 함께 부지런히 언덕을 올랐다. 양옆이 숲으로 포위된 언덕길은 생각보다 가팔 랐다. 일행은 잠시 쉴 겸 길가에 앉았다. 케케는 뒤를 돌 아보았다. 멀찌감치 서홀로드나야는 물론 동홀로드나야 까지 훤히 보였다. 내려다본 동홀로드나야는 가로지르는 개울을 거울로 서홀로드나야와 완벽한 대칭을 이루고 있 었다. 입수 기도를 하던 커다란 저수지, 광장, 창고, 공동 작업장 그리고 10채의 통나무 오두막까지. 단, 서홀로드 나야에는 이가 빠진 것처럼 오두막 두 채 자리에 검은 잔 해만 남아 있었다. 타티아나가 목을 매고, 붉은 마녀 리 자가 오로라가 된 9번 오두막, 마지막까지 같이 있던 언 니들이 불타 죽은 4번 오두막은 검었다. 그리고 임신한 나타샤가 자살한 저수지는 하얗게 얼어붙어 있었다. 추억의 장소마다 죽음의 주석이 붙었다. 케케는 나타샤가 남긴 마지막 말을 떠올리고 주변을 둘러봤다. 들어온 시야에는 숲과 설원밖에 없었다. 탈출은 엄두조차 나지 않았다.

*

늘 성냥갑만 했던 수도원은 잿빛의 3층 건물로 가까이서 보니 어마어마하게 컸다.

매일 기도를 올렸던 종탑 위의 십자가는 너무 높아서 하늘에 닿을 듯했다. 높은 담으로 둘러싸인 수도원 건물은 경비가 삼엄했다. 수도원은 높은 곳에 있어서 그런지 홀로드나야보다 바람이 훨씬 거셌다. 케케는 강한 한기를 느꼈다.

거대한 성문 같은 정문을 통과하자 넓은 중정이 나왔다. 그 가운데에는 커다란 연못이 있었다. 인솔하는 군인의 뒤를 쫓아 수도원 건물로 걸어 들어가며 케케는 꽁꽁언 연못을 유심히 쳐다봤다. 얼음을 깨기 위한 쇠꼬챙이가 여기저기 나뒹굴고 있었고, 진흙과 눈이 어지러이 얼어붙은 연못가는 몹시 지저분했다. 모든 것이 얼어 죽은 와중에 갓난아이들의 울음소리가 수도원의 3층에서 폭

포수처럼 떨어지고 있었다.

수도원 건물 안으로 들어가자 군인들이 예배당으로 무리를 데리고 갔다. 케케와 다섯 명의 처녀는 긴 의자에 줄지어 앉았다. 잠시 후, 리센코 후작과 함께 연구원들이 들어왔다. 후작과 연구원 몇 명은 책상에 앉아 서류철을 펼쳤고, 다른 몇 명은 줄자와 체온계를 꺼내 들었다. 이름이 불린 사람은 후작이 앉아 있는 책상 앞에서 간단한 신체검사를 받았다. 검사가 끝나면 후작이 기록지를 검토하고 뒤에서 대기하던 하녀에게 무언가를 지시했다. 그러면 하녀가 처녀를 데리고 예배당을 빠져나갔다. 그렇게 다섯 명이 모두 나가고 케케만 남았다.

"케케는 내가 직접 측정하지."

후작이 연구원의 줄자를 뺏어 들고 케케 앞에 섰다. 케케는 후작을 보는 게 두려워 눈을 꽉 감아 버렸다. 이 모습을 본 후작은 피식 웃더니 케케의 구석구석을 세밀하게 측정했다.

"정말 잘 자라 주었구나, 케케!"

후작의 대견한 손이 닿는 곳마다 땀구멍이 오므라들고 솜털이 곤두섰다. 서류철을 보던 연구원이 케케의 입수 기도 성적을 읊었다.

"후작님, 평균 나이로 환산하면 최상위권 성적입니다."

긴 숫자들의 나열 끝에 결론이 나왔다.

"케케는 가장 넓은 방으로 배정하지."

측정을 끝낸 후작이 줄자를 책상에 던지며 말했다. 그러자 하녀가 다가와 케케의 팔을 잡았다. 몇 발짝을 옮기고 하녀가 문을 열고 나서야 케케는 눈을 떴다. 그때 등 뒤로 후작의 날카로운 목소리가 꽂혔다.

"아! 그리고 케케 식사에는 생선알과 순록 고기를 듬뿍 넣어 줘. 영양가 높은 거로만 골라서 골고루 충분히 먹이라고. 케케는 우리에게 기적을 베풀 마지막 희망이야."

*

큰 바위 같은 아치형 돌문을 지나 지하로 내려갔다.

돌계단은 맨발로 딛기에는 너무나 차가웠다. 얼음장 같은 공기에는 악취가 박혀 있었다. 하녀가 횃불을 들어 지하를 비췄다. 작은 방들 수백 개가 줄지어 늘어서 있고 좁은 통로에는 드문드문 희미한 램프가 걸려 있었다. 걸쇠로 굳게 닫힌 나무 문마다 이름과 성별이 붙어 있었고, 문 밑에는 음식을 넣어 주는 구멍이 있었다. 모퉁이를 서너 번 돌아 미로의 가장 끝에 있는 낡은 나무 문 앞에 섰다. 하녀가 걸쇠를 풀고 문을 열었다.

"들어가라. 여기가 제일 구석에 있는 가장 좋은 방이란 다. 너는 운이 좋은 거야. 대소변은 기도 시간에 해결하 고, 아주 급한 일이 생기면 문을 두드려라. 그런데 자주 두드리면 크게 혼쭐이 날 거다."

케케가 방에 들어가자마자 하녀는 문을 굳게 걸어 잠 갔다.

입에서 김이 났다. 사방이 차가운 돌로 쌓여 있는 어두 운 방이었다.

낡은 나무 문의 틈새로 들어오는 희미한 빛이 전부였 다. 방 안의 윤곽이 어렴풋이 보일 정도였다. 어둠을 더듬 어 만져 보니 나무 침대가 있었다. 그게 이 방의 유일한 가구였다. 발바닥이 너무 시려서 침대 위에 올라가 동그 랗게 몸을 말았다.

'당분간 이곳에 있다가 결혼식을 올리겠구나.'

케케는 냉기 속에서 선잠이 들었다.

얼마 후 잠에서 깬 케케는 굳은 몸을 일으켜 나무 문 틈으로 밖을 보았다. 정면으로 보이는 긴 통로를 따라 작 은 방들이 줄지어 있었고 왼편도 마찬가지였다. 케케는 자신이 있는 방이 가장 모퉁이라는 것을 짐작할 수 있었다. 앞쪽 돌벽을 두드려 불러 보았으나 대답이 없었다. 왼쪽 돌벽도 마찬가지였다. 그때 밖에서 얇은 신음이 들렸다. 왼쪽 대각선에 있는 방이었다. 케케는 문틈으로 소리를 질러 보았으나 답변이 없었다. 잠시 후, 쿵 소리와 함께 대각선 쪽 나무 문이 조금 흔들렸다.

"건너편에 누구세요? 저 케케예요!"

케케는 소리를 화살처럼 모아 대각선 방의 문틈을 향해 쐈지만 불발이었다.

"저 3번 오두막의 막내 케케예요! 거기 누구 계세요? 대답 좀 해 주세요!"

문은 미동도 없었다.

"누가 떠들어? 전부 밥 굶고 싶어!"

150

대답 대신 앞쪽 통로에서 대포알 같은 소리가 날아왔다. 수석 연구원 바빌로프였다. 케케는 반사적으로 입을 막았다.

램프를 든 뚱뚱한 하녀 두 명이 커다란 음식 통 두 개를 끌고 통로 끝에서 나타났다. 몇 개의 문을 지나쳐 어떤 문 앞에 서자, 덜 뚱뚱한 하녀가 발로 나무 문을 쳤다. 그러자 문 밑에서 나무 그릇을 든 앙상한 손이 튀어나왔다. 더 뚱뚱한 하녀는 국자로 그릇에 음식을 담아 주었다. 빈방이 많아서 배식 속도가 빨랐다. 케케의 문 앞에

선 덜 뚱뚱한 하녀가 문을 찼다.

"저는 그릇이 없어요."

케케가 문틈으로 말했다. 그러자 덜 뚱뚱한 하녀가 귀찮다는 듯이 허리춤에서 열쇠 꾸러미를 꺼내 케케 바로 옆방을 열었다. 그사이 국자를 든 더 뚱뚱한 하녀가 대각선 방을 발로 걷어찼다. 하지만 문 아래 구멍으로 손이 나오지 않았다.

"안 먹을 거야?"

더 세게 문을 걷어찼다. 아무 반응이 없자 문틈에 눈을 대고 안쪽을 들여다보았다. 그때 케케의 옆방으로 들어갔던 덜 뚱뚱한 하녀가 낡은 나무 그릇과 지저분한 숟가락을 들고 나타났다.

"뭐 해? 거기 빈방이잖아."

무안해진 더 뚱뚱한 하녀는 덜 뚱뚱한 하녀가 가져온 나무 그릇에 음식을 퍼 담았다.

"아까 위에서 후작이 케케는 음식 잘 챙겨 주라고 다시 한번 강조하더라."

그러자 더 뚱뚱한 하녀는 국자로 고기와 생선알을 가득 떠 그릇에 올렸다.

"그릇 잘 간수해라. 하나뿐이니."

김이 모락모락 나는 푸짐한 음식이 문 아래로 들어왔다. 케케는 달려들어 게걸스럽게 위장을 데웠다. 허기져

서가 아니라 추워서 먹었다. 죽은 생선알의 온기를 공기
에 빼앗길 순 없었다.

　나무 그릇을 깨끗이 비웠을 때쯤 통로에서 발걸음 소
리가 요란하게 몰려왔다. 횃불이 점점 가까워져 문틈으
로 내다보니 군인 두 명과 연구원 두 명 그리고 아까 봤
던 하녀 둘이 대각선 방 앞에 모여 있었다. 그들이 작은
소리로 쑥덕이면서 나무 빗장을 밀자, 문이 저절로 열렸
다. 벌어진 문 사이로 금발의 머리통 하나가 통로 쪽 돌
바닥으로 쓰러지면서 돌끼리 부딪히는 소리가 났다.

　"이런! 또 죽었네."

　연구원 한 명이 시체에 깔린 발을 빼며 말했다. 군인들
이 시체를 통로 쪽으로 끌어냈다. 배가 불룩한 임산부였
다. 더 뚱뚱한 하녀가 한 손으로 코를 막고 방으로 들어
가더니 나무 그릇과 숟가락을 들고 나왔다. 덜 뚱뚱한 하
녀가 허리춤에서 열쇠를 꺼내 케케 왼쪽 방의 자물쇠를
열자 더 뚱뚱한 하녀가 그릇을 들고 들어갔다. 군인들이
딱딱하게 굳은 시체의 팔다리를 뜯어내 펴더니, 시체를
앞뒤로 들고 통로에서 멀어졌다.

　케케는 침대에 올라가 온몸을 떨었다. 추워서가 아니
라 무서워서 떨었다.

*

케케는 거대한 떨림에 일어났다. 저녁 7시를 알리는 종소리였다. 가까이서 울리는 종소리는 홀로드나야에서 들었던 은은하고 성스러운 울림이 아니었다. 귀를 에는 금속음은 사방이 돌로 둘러싸인 방 전체를 뒤흔드는 비명이었다.

"자! 여자들 얼른 나와!"

하녀들이 익숙한 놀림으로 몇몇 방의 나무 빗장을 밀어 열었다. 그러자 산발을 하고 흰 원피스 내의만 입은 처녀들이 유령처럼 방에서 흘러나왔다. 그중 몇은 배가 불뚝 튀어나온 임산부였다. 케케 방의 빗장도 열렸다.

"나와라! 저녁 기도 가야지!"

케케는 자연스럽게 유령의 행렬에 끼어들었다. 아침에 내려왔던 차가운 돌계단으로 줄지어 올라 바위 같은 돌문을 지났다. 수도원 1층을 지나 중정으로 나가자 눈보라가 얼굴을 할퀴었다. 하늘에 더 가까워서인지 벌건 오로라가 진하게 펼쳐져 있었다. 긴 행렬의 유령들은 하나같이 쌓인 눈을 두 손에 모아 갈증을 해갈하면서 중정의 연못으로 향했다. 총과 횃불을 든 군인들이 연못을 빙 둘러싸고 있었고 그중 몇몇은 쇠꼬챙이로 연못의 얼음을 깨고 있었다. 행렬은 연못을 끼고 한 바퀴를 돌더니 꼬리가 끝나자 멈춰 섰다. 고개와 어깨가 떨궈진 여자 유령들은 50명 정도였다. 모두 홀로드나야에서 보았던 언니들이었다. 하지만 너무 지쳐서 말할 기력조차 없었고, 너무 미쳐서 말할 내용도 없어 보였다. 차가운 적막은 수도원 3층에서 새어 나오는 높은 비명에 깨졌다. 오로라를 찢어 낼 듯한 비명에 이어 갓 태어난 아이의 울음소리가 터져 나왔다.

"자! 입수."

바빌로프가 소리치자 모두가 엉금엉금 연못 속으로 기어들어 갔다. 배가 너무 부른 임산부는 군인의 부축을 받고 입수했다. 케케도 연못에 발끝을 담갔다. 발을 타고 올라온 마비가 정수리까지 뻗쳤다. 입수를 재촉하는 바빌로프의 호령에 케케는 늘 하던 대로 차분하게 몸을 물에 밀어 넣었다. 연못의 물은 홀로드나야의 저수지보다 훨씬 차가웠다. 30분쯤 지나자 임산부들이 먼저 연못에서 빠져나왔다. 바빌로프는 그들의 배에 청진기를 대고 뭔가를 측정하고 종이에 적었다. 임산부들이 빠져나가고 나서는 또다시 경쟁이었다. 수도원에서는 연못에서 먼저 빠져나가는 사람이 밥을 굶는 규칙이 있었다. 리센코 후작이 채찍을 들고 연못가에 나타났다. 케케는 눈이 얼어서 오로라가 뿌옇게 보일 때까지 버텼다.

"종료!"

연구원이 소리쳤지만, 귓구멍이 얼어 들을 수 없었다. 그러자 군인 둘이 케케의 어깻죽지를 잡고 땅으로 끌어올렸다. 머리를 흔들자 귓구멍에서 고드름이 빠져나왔다.

"역시 케케. 기적의 케케."

막혔던 귓구멍이 개통되고 처음으로 접한 울림은 후작의 목소리였다.

젖은 채로 다시 돌문을 통과해 차가운 돌계단을 내려갔다. 돌아온 방은 몹시 추웠다. 건조한 냉기가 피부를 벤다면, 습한 냉기는 내장을 찢었다. 그래도 빛 한 점 없는 이 방이 밖의 연못 속보다 훨씬 덜 추웠다. 비록 더 춥고 덜 춥고 사이의 미묘한 온도 차였지만, 케케는 이 외진 방에서 자신을 위로하는 오래된 온기를 느낄 수 있었다.

"자! 이제 남자들 나와!"

바빌로프의 목소리와 나무 빗장을 여는 소리가 돌로 된 미로를 쩌렁쩌렁하게 울렸다. 횃불을 든 군인 하나가 케케의 방을 지나쳐 낮에 사람이 죽어 나간 대각선 방의 나무 빗장을 열었다. 그곳에서 나온 건장한 남자는 케케가 아는 남자였다.

**

"베소?"

사내는 백지장에 수도원 전경을 그리다가 펜을 놓고 어머니에게 물었다. 노파는 아무 말없이 고개를 끄덕였다.

"그럼 예식은 언제 올린 거예요?"

"몇 해 하다가 없어졌다고 그랬잖아."

"그러면? 어떻게?"

"그냥 잠자리를 후작이 지정해 줬어."

결혼

며칠 동안, 기적의 케케는 푸짐하고 뜨끈한 식사를 받았다.

어느 날, 리센코 후작이 연구원들을 데리고 케케의 방문을 열었다. 횃불을 든 연구원이 꼼꼼하게 방을 훑어봤다. 케케는 빠르게 지나가는 불빛 틈으로 침대 왼쪽 벽에 유난히 툭 튀어나온 돌을 얼핏 보았다.

"케케, 이번 달에 언제 생리 시작했지?"

"열흘 정도……"

후작이 케케의 머리를 쓰다듬고 일행과 함께 방을 나가자마자 저녁 입수 종이 울렸다.

"자! 여자들 얼른 나와."

통로에서 하녀의 목소리가 쩌렁쩌렁 울렸다.

*

입수 기도를 마치고 방으로 돌아와 따뜻한 저녁 식사를 하고 있을 때, 갑자기 문이 열리면서 덩치 큰 어른 그림자 셋이 들어왔다. 군인 둘과 사내 하나였는데, 사내는 온몸에서 찬물을 뚝뚝 흘리고 있었다.

"케케, 네 신랑이다. 즐거운 시간 보내!"

군인들은 남자 하나를 돌바닥에 팽개쳐 놓고는 문을 걸어 버렸다. 너무 어두워서 방 안으로 고꾸라진 남자의 얼굴을 볼 수 없었지만, 케케는 그가 누구인지 단번에 알 수 있었다. 온몸에서 뿜어져 나와 곧바로 방을 점령해 버린 그 냄새 때문이었다. 흰토끼의 피, 꺾인 꽃의 진액 그리고 왜 나오는지 연유를 알 수 없었던 눈물. 케케는 머릿속 딱딱한 면과 물렁한 면 사이에 새겨져 있던 오래된 암호들을 한꺼번에 해독했다. 어릴 적, 나타샤 언니의 결혼 화관을 만들러 몰래 숲속에 갔다가 만났던 남자. 그날 새신랑이었던 남자. 베소.

바닥에 엎드려 있던 거구의 남자는 몸을 일으키더니, 주머니에서 씨알이 굵은 찐 감자 하나를 꺼내 케케에게 건넸다.

"먹을래?"

어둠의 방. 서로의 얼굴을 전혀 볼 수 없는 상황에서 남자가 건넨 첫마디였다. 케케는 찐 감자를 낚아채 침대 구석으로 가 몸을 웅크렸다.

"나는 비사리온이야. 그냥 베소라고 불러."

남자의 목소리는 상냥했다. 케케는 감자를 크게 한 입 베어 물고 입안 가득 욱여넣었다.

"천천히 먹으렴."

남자는 물기를 털어 내고 침대에서 가장 먼 구석에 앉았다.

"이게 결혼인가요?"

케케가 짐승의 그림자에게 물었다.

"하객의 축하도, 드레스도, 화관과 꽃다발도 없이?"

"그래. 없어. 그냥 오늘부터 너는 내 신부고, 나는 네 신랑이야."

침묵이 흘렀다. 혹시나 기대했던 케케는 몹시 서운했지만 그럴 겨를이 없었다. 지금은 따뜻한 찐 감자를 먹어야만 한다. 케케의 쩝쩝거리는 소리가 방 안을 메웠다.

"그렇군요. 다행이네요."

케케가 감자를 우물거리며 목멘 소리로 말했다.

"뭐가 다행이라는 거지?"

"모르겠어요. 그런데 그냥 다행인 거 같아요."

"그래. 네가 다행이라면, 나도 다행이다."

베소가 침대 위로 올라왔다. 케케는 남자의 접근에 최대한 몸을 움츠렸다. 베소가 케케의 귓전에 속삭였다.

"우리는 아이를 낳아야만 해."

남자는 케케의 입술을 덮쳤다. 갑작스러운 키스에 입 안에 있던 감자가 목을 막았다. 숨 막힘에 정신이 아득해지더니 이내 아늑해졌다. 예전에 앓았던 아랫배의 간지럼이 혈관을 타고 온몸을 유랑했다. 숨이 막혀 입술을 떼고 고개를 돌렸다. 둘의 입 주위에는 곤죽이 된 감자로 엉망이 되었다. 부족한 숨이 들어갔는데도 케케는 숨이 가빴다. 피가 더워지고 빨라지더니 온몸이 꺾인 꽃의 진액으로 가득 찼다. 질식의 고통과 끈적한 달콤함이 함께 얽히자 케케의 몸이 베소의 몸에 저절로 감겼다. 뜨거워서 몸이 떨려 보기는 처음이었다. 아니, 모든 것이 처음이었다. 떨림이 경련으로 번지려 할 때 초콜릿이 떠올랐다. 생각은 간질로 죽은 파벨과 불타 죽은 리자를 불러들였고, 결국 후작의 모습을 끌고 왔다. 케케는 반사적으로 베소를 힘껏 밀쳤다.

"겁먹지 말고, 내가 하는 대로 따라오면 돼."

베소가 놀란 케케를 달랬다.

"저리 가요!"

케케가 침대 모퉁이로 몸을 바짝 갖다 붙였다.

"케케! 이걸 하지 않으면 둘 다 채찍을 맞아야 해."

짧은 정적이 흘렀다. 케케는 베소의 입에서 튀어나온 '케케'라는 음성에 흠칫했다.

"내 이름을 어떻게 알았죠?"

"아까 군인이 말했잖아."

"아……."

케케는 이유 없이 실망했다.

"하지만, 나 너 똑똑히 기억해. 배짱 좋게 서홀로드나 야를 탈출해 놓고는 숲속에서 길 잃은 꼬마 숙녀."

"그 옛날 일을……."

신기함과 반가움에 엷은 미소가 새어 나왔다.

"어렸을 때 하늘을 보고 엉엉 울던 얼굴이 아직도 생생해."

남자가 웃었다.

"다행이네요. 다행이에요."

"뭐가 자꾸 다행이라는 거야?"

"모르겠어요."

케케는 당신이 내 신랑이어서 다행이라고 말하고 싶었지만, 하지 않았다. 왠지 안 하는 게 더 좋을 거 같았다.

"나타샤와 첫날밤에 우리 둘 다 무척 어색했는데, 네화관과 내 꽃다발 이야기로 금방 친해졌지. 벌써 8년 전일이네."

"나타샤는……."

케케가 말을 잇지 못했다.

"말하지 마."

베소의 목소리도 젖어 있었다.

어둠에 가로막힌 신랑 신부는 오랜 슬픔이 스며 있는 어둠을 삼켰다. 어둠은 방 안의 시간을 멈춰 버렸고, 둘은 그대로 굳어 버렸다.

빠르게 다가오는 무리의 소리가 둘 사이를 급습했다. 멈췄던 시간이 한꺼번에 몇 칸을 움직였다.

"큰일이다. 어서 옷 벗어."

당황한 베소가 급하게 케케의 원피스 내의를 걷어 올리려 했다.

"왜 이래요!"

케케가 치맛자락을 필사적으로 움켜쥐었다.

"내가 시키는 대로 해야 해! 안 그러면 우리 둘 다 죽어!"

베소는 케케의 내의 매듭을 풀며 몸을 비벼 댔다. 바로 그때, 케케는 죽은 리자가 선명하게 떠올랐다. 감자를 먹으며 어른들에게 괴롭힘을 당하다가 후작에게 발각되어 불타 죽은 마녀 리자. 케케는 본능적으로 비명을 질렀다.

거세게 빗장이 걷히고 문이 활짝 열렸다. 램프를 든 무리가 들이닥치고 그 눈부심 뒤로 후작이 쳐들어왔다.

"아직도 안 했어?"

후작이 베소에게 소리쳤다. 케케는 그 짧은 순간 베소의 얼굴을 포착했다. 예전의 착하고 듬직한 얼굴 안에는 크게 겁을 먹은 짐승이 박혀 있었다.

"그······ 그게······."

후작은 겁먹은 짐승의 변명 따위는 듣지 않았다. 그는 두려움에 뒷걸음질 치는 베소의 얼굴을 채찍 손잡이로 갈겼다. 베소는 그대로 돌바닥에 나자빠졌다. 화가 난 후작은 큰 걸음으로 케케에게 다가가더니 치마 속으로 손을 넣었다. 케케의 음부를 구석구석 더듬고는 손가락을 코에 갖다 대고 냄새를 맡았다. 케케는 또다시 공포에 휩싸여 옴짝달싹할 수 없었다.

"안 했잖아!"

성교의 증거를 찾지 못한 후작은 채찍을 펼쳐 베소의 등을 마구 내리쳤다. 화를 주체하지 못한 후작은 다시 케케의 치마 밑으로 손을 넣었다. 그리고 손가락을 질 속으로 밀어 넣었다. 케케는 두 손으로 입을 틀어막고 깊은 곳에서 찢어지는 고통을 참았다. 후작은 꺼낸 손가락에 묻은 피 냄새를 맡고는 미친 듯이 괴성을 질렀다. 그는 다시 채찍을 잡았다.

"내가 방에 들어가자마자 바로 하라고 했어? 안 했어? 둘 다 가장 추울 때 해야 한다고 했어? 안 했어?"

후작은 채찍질로 베소를 죽일 참이었다. 가죽 채찍에 베소의 피와 살이 들러붙었다. 채찍은 점점 공중에서 춤을 추는 사나운 짐승이 되고 있었다. 그러다 채찍이 끊어졌다. 후작은 분이 덜 풀렸는지 채찍 손잡이를 바닥에 납작 엎드려 있는 베소의 얼굴에 던졌다.

"내 수첩!"

뒤에 있던 연구원이 수첩과 펜을 건네자, 후작은 씩씩거리며 무엇인가를 빠르게 적어 내려갔다.

"처음부터 다시 한다! 당장 얘네 둘 다 다시 입수시켜! 30분!"

후작이 군인들에게 큰소리로 명령했다. 하녀들이 케케를 끌고, 군인들이 베소를 부축해 중정으로 나갔다. 그리고 곧바로 연못에 던져 버렸다.

둘은 간신히 연못 바닥을 딛고 일어났다. 머리만 내어놓은 케케와 베소의 주변으로 시뻘건 피가 동심원으로 퍼졌다. 그 피가 베소의 것인지, 케케의 것인지 아니면 둘 다의 것인지 알 수 없었다. 케케는 피 냄새와 영하 50도의 추위에 의식이 흐려졌다. 베소가 다가와 쓰러지려는 그녀를 안아 주었다. 케케는 마비된 피부 속으로 스며드는 미안한 온기를 느꼈다. 다행이었다. 얼어붙은 눈을 가늘게 떠 보니, 연못 가운데에 하얀 달이 있었다. 수면 위에 드리운 둥그런 달은 훌쩍이면서 케케를 불렀다. 케케는 달이 죽어 버릴까 봐 대답하지 않았다. 그러자 하얗고 둥그런 달이 유유히 핏물을 가르고 케케 앞에 섰다.

"참 다행이야, 케케."

늘 보고 싶었고, 다시 듣고 싶었던 목소리로 하얀 달이 말했다. 베소의 품에서 케케는 눈을 감고 생긋 웃었다.

＊＊

"그 달은……."

노파는 목이 메었다.

"나타샤……."

노파는 손수건으로 눈물을 훔치며 고개를 끄덕였다. 사내도 목이 따가웠지만, 담배 때문이라고 생각했다. 좀 더 정확하게 말하자면, 그의 신념상 담배 때문에 목이 따가워야만 했다.

"내 첫날밤은 아직 끝나지 않았다."

첫날밤

"떨어져."

두툼한 외투를 껴입은 후작이 케케와 베소 사이에 장검을 들이댔다. 놀란 케케가 얼른 베소를 밀쳐 냈다. 수면이 출렁이자 일그러진 하얀 달이 사라졌다. 겨우 동그래졌던 물 알갱이들이 다시 뾰족해지면서 온몸을 할퀴었고, 땀구멍으로 파고든 수만 개의 바늘이 뼈를 긁었다.

수면에 살얼음이 낄 무렵, 연구원이 수첩에 메모하고 있던 후작에게 30분이 다 되었다고 보고했다.

"둘 다 나와. 당장 방으로 들어가서 얼른 붙어먹어! 베소! 빨리! 최고로 추운 지금, 바로 해야 해!"

입수 기도에서 가장 괴로운 순간은 들어가는 순간과 나오는 순간이었다. 케케는 이를 악물고, 굳은 몸을 부러뜨리면서 땅으로 올라왔다. 베소는 채찍질로 누더기가 된 등 때문에 쉽게 올라오지 못했다. 케케가 거구의 신랑을 끌어 올렸다. 군인 한 명이 베소를 일으켰고, 뚱뚱한 하녀 한 명이 케케를 부축했다. 후작이 칼을 들이대며 재촉하자, 군인과 하녀는 서둘러 신혼부부를 건물 안으로 날랐다.

"너랑 너. 얘네 둘이 제대로 하는지 감시한 다음, 내일 아침 나에게 보고해."

후작이 군인과 하녀에게 단단히 명령하고 2층 집무실로 올라갔다. 남겨진 넷은 미로 같은 통로를 지나 방문 앞에 섰다.

"베소! 우리도 피곤하니깐 10분 안에 얼른 끝내. 밖에서 내가 지켜볼 테니 허튼수작 말고!"

군인은 침대맡에 램프를 두고 빗장을 걸어 잠갔다. 문 밖에서 키득거리는 소리가 새 들어왔다.

*

둘은 침대에 누워 부둥켜안았다. 케케는 자신 때문에 죽을 뻔한 베소에게 너무나 미안했다.

"눈 꼭 감고 있어. 처음에는 아프다가 곧 따듯해질 거야."

베소의 속삭임에 귀가 간지러워 목이 움츠러들었다. 새신랑은 무엇을 해야 할지 알고 있었다. 케케는 수줍게 고개를 끄덕였다. 빛 한 점 없는 방에서 둘은 서로의 품으로 가난한 체온을 나눴다. 케케는 다시 연못에 들어가기 싫은 만큼 베소를 안았다. 그게 베소를 위해, 또 자신을 위해 할 수 있는 전부였다. 그리고 채찍이 판 이랑으로부터 죽은 피가 흐르면서 무엇인가가 끝났다.

그 끝을 알아챈 나무 문은 10분을 기다리지 않았다.

"잘했어. 베소! 역시 종마야!"

군인이 늘어진 베소를 거칠게 떼어 놓자, 따라 들어온 하녀가 케케의 사타구니에 손가락을 쑥 넣었다 뺐다. 그러고는 들고 온 램프에 손가락을 비춰 보고 냄새를 맡았다. 놀란 케케가 침대에서 일어나려고 하자 하녀가 케케를 밀쳤다.

168

"일어나면 쏟아져! 누워서 다리를 벽에 올리고 일부터 오십까지 천천히 세!"

죽은 토끼를 낚아채는 사냥꾼처럼 군인이 피 흘리는 베소의 머리끄덩이를 움켜잡았다. 그는 교미가 끝난 수컷을 대각선 방으로 끌고 가 그대로 처넣었다. 케케는 흐느끼며 숫자를 셌다. 물끄러미 케케를 내려다보던 하녀도 방에서 나가 버렸다. 문 두 짝의 빗장 걸리는 소리가 나고, 빛과 발걸음이 멀어졌다.

케케는 다리를 벽에 기댄 채로 사십구까지만 셌다. 오

십을 세고 싶지 않았다. 냄새가 사라진 완벽한 검음은 또렷한 맛이 났다. 초콜릿이었다.

"괜찮아?"

대각선 방으로부터 베소의 목소리가 기어들어 왔다.

"네. 괜찮아요."

숲속에서 길을 잃은 새신부의 눈에서 하염없이 눈물이 흘렀다.

"…… 다행이네."

신랑의 목소리에는 안도가 배어 있었다.

"다행이에요."

첫날밤이 끝났다. 오랫동안 수수께끼 같았던 아랫배의 간지럼이 사라졌다. 그리고 베소는 애타게 머물고 싶은 품이 되었다.

＊＊

말을 마친 노파가 굴곡진 숨을 길게 내쉬었다. 한숨이 훑은 자리로 침묵이 앉았다.

"아버지가 총각 때는 착했군요."

"그래. 그놈의 술이 망쳐서 그렇지 베소는 천성이 착한 사람이었어."

사내는 어미의 비참한 과거를 들으면서도 아무 감정이 일지 않는 자신이 무안했다. 슬픔을 공감하기는커녕, 자신을 학대했던 주정뱅이 아버지를 생각하자 분노가 치밀었다. 베소는 알코올 중독으로 4년 전에 죽었으나, 사내는 아버지를 용서할 수 없었다. 하지만 어머니가 어두웠던 옛 시간에 완전히 함몰된 지금, 착한 주연으로 등장한 스물일곱 살의 베소를 욕할 수는 없었다.

어머니가 화장실에 간 사이, 사내는 창문 틈으로 밖을 내다보았다. 눈보라는 멎었지만 바람은 아직 매서웠다. 멀리서 반딧불만 한 불빛이 흔들렸다. 지나가는 야간 운행 마차인 듯했다.

사내는 내일 시베리아의 유형지로 떠날 생각에 막막했다. 하지만 이번이 어머니와 이야기를 나눌 마지막 밤일 수도 있다는 생각에 밤샐 다짐을 했다. 어머니가 기괴한 고생을 하긴 했지만, 그건 다 지난 역사일 뿐이었다. 사내는 어쨌든 그곳에서 살아남은 어머니와 술병으로 죽은 아버지보다는 리센코 후작에게 묘한 호기심이 일었다. 어머니가 묘사하는 리센코는 점점 악인이 되어 가고 있었지만, 후작은 지적이고 매력적이며, 추진력과 통치력에 있어서 본받을 만한 구석이 있는 사람이었다.

사내는 획득 형질 유전 실험의 결과가 궁금했다. 이런 저런 호기심이 꼬리를 물 때, 사내는 문득 자신이 추위를 잘 견디는지에 대해 냉정하게 의심해 보았다. 그는 지금 당장 총에 맞아 죽어도 전혀 이상할 게 없는 테러리스트였다. 냉혹한 현실 속에서 의심은 곧 생존이었다. 그는 의심이 꽂히면 적이든 동료든 거침없이 제거했다. 그랬던 사내가 난생처음 자신을 의심했다. 그건 자살이나 다름없었다. 흠칫 망설였지만, 의심을 끝낼 확인이 절실했다.

사내는 웃옷을 벗고 마당으로 나갔다. 아무리 생각해 봐도 사내는 추위에 강하지도, 약하지도 않았다. 그냥 평범했다. 밤의 밤바람이 살을 벴지만, 그리 춥지는 않았다. 그때 북쪽에서 강풍이 진눈깨비와 함께 사내를 때렸다. 그러자 참을 수 없는 한기가 몸을 덮쳤다.

'멍청하긴. 쓸데없는 짓을 했군. 나답지 못했어.'

냉철해진 사내는 내일 떠날 긴 시베리아 유형 길을 대비해 몸을 사리기로 하고 집으로 들어와 부리나케 옷을 입었다. 그리고 보드카 한 잔을 마시고 페치카에서 몸을 데웠다.

화장실에 다녀온 노파는 평정심을 되찾았다. 사내가 펜을 들고 다시 테이블에 앉았다.

"너는 아까부터 뭘 그렇게 적고 있는 거니?"

"저 나름 큰 신문사의 편집장이에요. 신문 인쇄는 우리 당의 가장 날카롭고 강한 무기죠. 어머니 이야기는 큰 기삿거리가 될 거 같아요."

"얘야, 이 이야기를 누가 믿겠니?"

"글을 잘 써서 믿게 하면 돼요. 독자들 눈에는 포악한 귀족 리센코와 흘로드나야에서 비참하게 죽어 나간 소년, 소녀들이 생생하게 보일 겁니다."

"아서라. 벌써 50년도 지난 이야기다."

"저는 본 걸 믿지만, 바보들은 믿는 걸 봐요."

살짝 오한을 느낀 사내는 다시 보드카 잔을 채우고 파이프 담배에 불을 붙였다. 알코올과 연기를 각각의 자리에 한 모금씩 채워 넣고는 노트를 펼치고 펜을 들었다.

172

"후작은 왜 그렇게 화가 났고, 또 왜 그렇게 재촉한 거죠?"

사내가 취재를 재개했다.

"후작 생각에는 어미와 아비가 가장 추울 때 아기가 수정되어야 획득한 한랭 내성 형질이 더 잘 유전된다고 생각했던 거 같아."

노파가 다시 한숨을 길게 내쉬었다. 그 숨 위에 사내의 어이없는 한숨이 얹혔다.

"과학이 아니라 거의 미신 수준이네요."

사내는 노트 맨 위에 적어 놓은 '리센코 후작'이라는 글씨 옆에 '우생학자', '독재자', '학살자'라고 적었다.

1875년

1875년, 1월.

리센코 후작은 수도원 2층 집무실에서 술을 마시며 자신이 17년간 기록한 실험 노트를 검토했다.

차르 알렉산드르 2세와 약속한 기한이 3년 정도 남았다. 서른일곱 살에 제위에 오른 황제는 과감한 개혁 정책을 밀어붙였다. 그 개혁의 최종 목표는 위대한 러시아, 강인한 백성이었다. 황제에게 리센코가 호언장담한 '추위를 타지 않는 러시아 백성'은 회심의 업적이자 개혁의 완성이었다. 그래서 황제는 후작에게 막대한 황실 예산을 장기간 쏟아부었다. 그렇게 17년이 흘렀지만, 리센코 후작 앞에는 3년이라는 마감 시한과 지지부진한 성적표만이 남았다. 설상가상으로, 거듭되는 반란과 암살 테러 때문에 황제의 심기가 매우 불편하다는 전갈이 상트 페테르부르크로부터 계속 오고 있었다.

'획득 형질의 유전'. 리센코는 자신이 맹신하는 라마르크주의가 틀렸다는 걸 전혀 인정하지 않았다. 단지 시간이 모자랄 뿐이라고 생각했다. 검증되지 않은 이론을 긴 시간 믿게 되면, 그것은 바꿀 수 없는 신념이 된다. 리센코가 그러했다. 그는 초조해졌고 초조해질수록 포악해졌다. 불안은 광기로, 실망은 폭력으로 폭발했다.

아예 성과가 없는 것은 아니었다. 하지만 그것은 엉터리 숫자와 조작된 통계로만 존재했다. 황제를 놀라게 할 결정적인 결과, 가시적인 결과, 기적의 결과가 필요했다.

최근 몇 년간, 열여섯 살 이하 임신부가 출산 도중 아이와 함께 죽어 버리는 경우가 속출해서, 처녀들은 최소 열일곱 살을 넘긴 후에 결혼했다. 그러나 후작은 케케의 결혼과 임신을 서둘렀다. 기적의 케케와 한랭 내성 챔피언 베소. 이 둘과 둘 사이의 아이는 후작이 차르에게 내밀 수 있는 최후의 보루였다.

궁지의 끝에서, 베소와 케케의 아이는 한랭 내성을 갖고 태어나야만 했다.

*

1875년, 3월.

영국에서 골턴이 보낸 우편 상자가 수도원에 도착했다.

상자 안에는 최고급 와인 두 병과 갓 출간된《쌍둥이의 역사—자연과 양육의 상대적 힘의 기준》이라는 책이 들어 있었다.

'자네가 내게 보내준 연구 자료가 이 책을 출판하는 데 결정적인 도움이 되었네. 장기간 혹독한 추위 속에서 실험한 자네의 '획득 형질의 유전' 연구는 곧 세상을 깜짝 놀라게 할 걸세. 늘 자네를 지지하는
– 프랜시스 골턴'

책의 내지에는 그의 메모가 적혀 있었다.

리센코는 와인 한 병을 따고 책상에 앉아 골턴이 보내준《쌍둥이의 역사》를 읽기 시작했다.

두 병의 와인을 모조리 비운 자정, 후작은 책을 땅바닥에 던져 버렸다. 책의 내용은 후작의 연구에 정면으로 배치되는 이론으로 가득했다. 심지어 골턴은 리센코가 철석같이 믿고 있는 '획득 형질의 유전'을 완전히 한물간 이론이라며 비아냥거리기까지 했다. 후작은 참을 수 없는 배신감과 모멸감에 몸을 떨었다.

1875년, 11월.

리센코는 점점 표정이 없어졌다. 무표정은 일시적인 마비라기보다는 영구적인 장애에 가까웠다. 강철 같은 표정근은 위엄을 위한 의도적 정지가 아니라 괴사로 말라붙은 강직이었다. 강직은 가면으로 경화되었고, 가면과 맨얼굴 사이는 빈틈없이 유착되었다. 그는 흥분하지도, 분노하지도 않았다. 불같던 광기가 사라지자, 냉정한 냉기만 남아 잔인한 평형상태를 이뤘다. 이제 그 누구도 후작의 감정을 읽을 수 없었다.

*

1875년, 12월.

케케가 드디어 임신했다는 보고를 바빌로프가 올렸지만, 리센코의 콧수염은 미동조차 없었다. 후작의 쇠 파이프 혈관엔 얼어붙은 피만이 서걱거렸다.

**

"제가 어렸을 때, 제 위에 형이 있었다는 이야기를 들었던 기억이 얼핏 나네요."

사내는 어머니의 진술을 노트 위에 꼼꼼히 적어 내려
갔다.

"미하일이었어. 내 첫 아이였지."

"어땠나요?"

"나는 내 아기 얼굴도 못 봤다."

노파는 자신의 빈 잔에 힘없이 보드카를 채웠다.

미하일

결혼이란 따듯한 어둠이었다.

아침 입수와 저녁 입수 그리고 베소와의 짧은 겹침. 갇힌 어둠이 차가운 시간을 좁혔다. 매일은 어제 위에 덧칠한 검은색이었지만, 모든 고통을 감내할 수 있었다. 베소는 검은 설렘이었다.

매일 밤, 케케는 저녁 입수를 마치고 방으로 돌아와 베소를 기다렸다. 그 순간이 몸서리치게 행복했다. 베소가 입수를 끝내고 반쯤 언 채로 들어오면 케케는 품었던 체온의 절반을 떼어 주었다. 결혼은 좁은 온기였다.

신랑이 없는 신방은 감옥이나 다름없었다. 어둡고 답답하고 추웠다. 그리고 외로웠다. 가끔은 대낮에 언니들과 뛰어놀던 서홀로드나야의 광장, 입수 기도를 마치고 옹기종기 모여 불을 쬐었던 페치카 그리고 25명씩 아옹다옹 모여 살던 3번 통나무 오두막이 그리웠다. 하지만 견딜 수 있었다. 아니 견뎌야만 했다. 크고 작은 시간의 조각들이 모이면 어김없이 베소가 들어왔기 때문이다.

섹스는 초콜릿이었다. 케케의 뇌리에 남아 있던 생선알과 초콜릿의 이미지가 코로 쏟아지면서 짐승의 냄새가 되었다. 케케가 베소의 냄새라고 생각한 것은 사실 케케 뇌의 냄새였다. 오염된 부부는 추위와 충만에 겨워 서로의 냄새를 한껏 끌어안았다.

케케는 작은 설렘을 복용하면서 검음의 굴레를 버텨 냈다.

*

사랑의 시간은 부조리했다. 매 순간이 흩어져 매일이 되었고, 매일이 사라져 매주가 되었다.

그렇게 매주가 매월에 수렴될 때쯤, 간질과 전율의 초콜릿이 어쩌면 생선알일지도 모른다는 생각이 들 때쯤, 케케의 몸이 수상한 짐승의 냄새에 완전히 감염되었을 때쯤, 베소의 신부가 자신만이 아니라는 의심을 할 때쯤, 베소가 나를 떠날 수도 있다는 불안이 다가올 때쯤…….

이 모든 '쯤'들이 모여 달의 삭이 될 때쯤, 자살한 나타샤 언니에 대한 죄책감이 하얀 배와 함께 수면 위로 떠올랐다. 그리고 케케는 꺾인 꽃의 진액과 흰토끼의 피가 무엇을 위한 신묘한 전조였는지를 깨달았다. 그렇게 눈물을 흘리자 매월의 피가 멈춰 버렸다. 아랫배가 다시 간지러워졌다. 어렴풋이 예상했기에 놀라지 않았다.

그렇게 케케는 보호받고 싶은 몸이 되었다.

181

*

케케가 생리를 거르자마자 후작에게 보고가 올라갔다. 임신을 확신한 후작은 당장 베소를 다른 방으로 옮겨 버렸다. 둘의 짧은 신혼은 그렇게 끝났다.

임신에 상관없이 케케는 매일 같은 시간에 입수했다. 식사는 거의 2인분이 들어왔다. 나무 문틈으로 바라본 대각선 방은 문이 열린 채로 텅 비어 있었다. 케케는 배식하는 덜 뚱뚱한 하녀에게 베소의 행방을 물었다.

"네 신랑 딴 방에서 아주 바빠."

하녀가 비아냥거렸다.

"우리한테도 몰래 씨 좀 달라고 해 볼까?"

더 뚱뚱한 하녀의 히죽거리는 목소리였다.

"네가 후작님에게 죽고 싶어 안달이 났구나."

덜 뚱뚱한 하녀가 더 뚱뚱한 하녀를 다그쳤다.

"돼지 미챠 못 봤어? 아니면 표트르, 세르게이, 안드레이처럼 활활 타 죽어 볼래? 어디서 그런 농담하지 마. 너한테 엮여서 나까지 죽고 싶지 않으니!"

그들은 상상 속에서마저 후작을 겁냈다.

어느 밤, 베소가 너무 그리운 나머지 케케는 그의 이름
을 부르짖었다. 돌 복도를 울린 '베소'라는 메아리에 아무
런 답장도 돌아오지 않았다. 심지어는 입 닥치라는 당직
하녀의 신경질적인 고함도 없었다. '베소'라는 소리가 흩
어져 지하실을 빠져나갈 때, 멀리서 희미한 비명이 답장
으로 돌아왔다. 얼마 후, 정면 복도에서 비틀거리는 횃불
과 함께 휘청거리는 그림자 뭉치가 천천히 다가왔다. 케
케는 문틈에 눈을 박았다. 작은 사람이 큰 짐승의 머리채
를 잡고 다가오고 있었다. 채찍과 횃불을 든 사람은 술에
휘청거렸고, 끌려온 짐승은 피를 흘리며 비틀거렸다.

"케케, 문틈으로 보고 있지?"

후작이 문을 향해 무뚝뚝하게 말했다. 그는 횃불을 벽
에 걸고 포획한 짐승을 돌바닥에 내팽개쳤다.

"베소!"

베소는 이미 의식이 없었다.

"케케, 이 녀석이 탈출 시도를 하다가 붙잡혔어."

"베소! 베소! 눈 떠 봐요!"

케케가 덫에 걸려 죽어 가는 신랑을 향해 울부짖었다.

"조용히 해! 케케!"

후작은 채찍으로 베소의 등을 갈겼다. 베소의 몸뚱이는 움찔하지도 못하고 죽은 덩어리처럼 밀려 나기만 했다. 어느새 군인들과 하녀들이 후작 주변에 몰려들었다. 후작이 손짓하자 군인들이 만신창이가 된 베소를 시야 밖으로 끌어냈다. 콧수염을 만지작거리던 후작이 램프를 들고 케케 방으로 들어와 문을 닫았다. 후작 혼자였다. 그는 케케에게 다가와 겁에 질린 젖가슴과 숨을 곳 없는 배를 쓰다듬었다.

"좋아. 아주 잘 익었어."

후작이 중얼거렸다. 그의 숨결과 손길이 점점 거칠어졌지만, 케케는 꼼짝할 수 없었다. 애써 참았던 울음이 터지자 후작은 멈칫하고 손을 거뒀다.

"앞으로 네가 소리 지를 때마다 베소의 등을 찢으라고 할 테니, 영특한 네가 알아서 잘 판단하거라."

후작은 자신의 체온을 마음대로 제어할 수 있는 사람인 양 순식간에 차가워졌다. 케케는 손으로 입을 틀어막고 고개를 끄덕였다.

"그리고, 그렇게 소리 지르는 건 임산부에게 좋지 않아. 알겠어? 베소는 물론 네 배 속의 아이에게도 안 좋아. 알겠지, 기적의 케케?"

겁먹은 케케의 필사적인 고갯짓을 본 후작이 방을 나

가며 읊조렸다.

"역시, 공포는 사람을 겸손하게 만드는군."

그 순간부터 케케는 벙어리로 9개월을 보냈다.

*

그리움을 삼킨 만큼 배가 불러 왔다.

물에 닿는 면적이 넓어질수록 점점 더 추위를 견디기 힘들어졌다. 케케는 배 속의 아이가 추위에 몸서리치는 걸 느낄 수 있었다. 그럴 때마다 베소를 품던 그리움을 모아 아이를 품었다.

어느 날, 배의 간지러움이 무거워지더니 순식간에 날카로워졌다. 배가 찢어지려 할 때, 케케는 살기 위해 소리를 질렀다. 9개월 만에 처음으로 낸 소리였다. 하녀와 군인들이 달려와 나무 문을 열고 쓰러져 있는 케케를 업고 수도원 3층으로 달렸다. 육아실 안쪽에 있는 분만실에 케케를 눕히고 산파가 달려들었다. 케케는 의식을 잃었지만, 다행히도 아기 머리가 반쯤 밀려 나와 있었다. 산파가 케케의 배를 쥐어짰다. 강렬한 수축과 더딘 확장 사이를 틀어막고 있던 저항이 분쇄되자 생명이 빠져나왔다. 힘과 피의 시간이 끝나고 희미한 울음이 울렸다. 그런데 울음이 점차 작아지더니 이내 들리지 않았다. 아이의 목청이 죽은 건지, 자신의 귀가 죽은 건지 케케는 알 수 없었다. 이내 끔찍한 섬망이 열일곱 살 산모를 덮쳤다.

*

정신을 차려 보니 다시 어두운 방이었다. 돌바닥에는 음식이 한가득 놓여 있었다. 생명이 빠져나간 빈자리에는 허기라는 낯선 놈이 들어앉아 있었다. 이놈을 죽이기 위해 음식을 마구 던져 넣었다. 아홉 달이 빠져나간 배는 쉽사리 불러오지 않았다. 먹어도 먹어도 공허했다. 음식을 쑤셔 넣다시피 했지만 절대 채워지지 않는 공간이 있었다. 케케는 그 빈 곳을 알고 있었다. 하지만 떠올리지 않기 위해서 게걸스럽게 죽은 고기를 목구멍으로 밀어 넣었다.

아이를 낳고 나서 며칠 동안 케케는 입수 기도에서 제외되었다. 온종일 검은 방 안에만 갇혀 있다 보니 낮과 밤을 구별할 수 없었다. 케케는 상상과 예감의 시간을 보냈다. 홀로드나야 시절, 아이들이 죽으면 수도원의 언덕으로 올라갔었다. 그런데 자신의 아이는 아예 수도원에서 태어났으니 희망이 없었다. 차라리 얼굴을 보지 못한 것이 다행이라 생각했다. 케케는 아이를 망각에 묻기로 했다. 베소는 다시 이 방으로 돌아올 것이다. 분명, 후작은 두 번째 아이를 원할 것이고, 그러려면 반드시 베소가 필요하다. 아이가 죽어야만 베소가 오는 것인지, 아이가 살아 있다면 베소가 오지 못하는 것인지는 그녀의 논리 밖이었다. 무엇이 되었든 간에, 베소를 다시 안을 수만 있다면 아이의 생사 따위는 중요하지 않았다. 이 잔인한 설렘 하나가 케케를 들뜨게 했다. 어둠 속에서 케케는 있는 힘껏 베개를 끌어안았다. 그리고 그 구겨진 품에 얼굴을 파묻고 사랑한다고 속삭였다. 그 간절한 속삭임은 머리가 아니라 몸에서 나왔다.

꼼짝없이 갇힌 채로 끔찍하게 어둡던 2주였다. 늘어나고 찢겨졌던 것들이 원래대로 오므라들자, 베소를 만날 수 있었다. 9개월 만이었다.

**

"미하일 뒤에 기오르기가 있었다."
노파는 보드카를 목구멍에 쑤셔 넣었다.
"제 위에 형이 둘이었나요?"
아들의 질문에 어미는 말없이 고개를 끄덕였다.

"둘째를 바로 임신했지. 후작은 시간이 모자랐거든."

노파는 다시 빈 잔을 채웠다.

"기오르기는 어땠나요?"

"6개월 만에 죽었대. 그래도 미하일보다는 오래 버텼다고 하더라고."

거적때기

저녁 7시. 수도원의 종이 지하 감옥의 돌들을 울리자, 입수를 알리는 군인들과 하녀들의 고함으로 복도가 시끄러웠다. 늘 그렇듯이 여자 입수 시간과 남자 입수 시간이 끝났다. 그때, 하녀 한 명이 케케의 방문을 열고는 지금 바로 입수 기도에 나오라고 소리쳤다. 케케는 바깥공기가 고파 얼른 문밖으로 나갔다.

2주 만에 돌계단과 돌문을 지나 중정으로 나갔다. 거친 눈보라가 하늘을 가로로 베고 있었다. 연못가에는 장검을 겨드랑이에 낀 리센코 후작이 램프 등불 아래서 뭔가를 수첩에 적고 있었다. 그의 발치에는 벌거벗은 시체세 구가 피를 쏟은 채 널브러져 있었다. 그 옆에는 갓 얼어 죽은 갓난아이 하나가 구멍 바구니 안에 놓여 있었다. 케케의 시선은 그 바구니에 고정됐고, 눈동자가 요동쳤다.

"네가 낳은 미하일이야. 방금 얼어 죽었어."

케케가 충격을 받기도 전에 후작이 비극을 마무리 지었다. 케케는 재빨리 시선을 거두고 고개를 돌렸다. 첫 아이의 첫 모습에 죽음을 묻히고 싶지 않았다. 그 모습은 화상처럼 평생을 일그러뜨리고, 동상처럼 어딘가를 도려낼 것이다. 케케는 이를 악무는 힘으로 눈을 감았다.

"너희가 불량품을 낳았어. 이건 내 이론에 위배되는 결과물이라고."

후작은 중얼거릴 뿐 화를 내지 않았다. 케케는 뇌에 오한을 느꼈다.

"뭐 해? 얼른 들어가. 서둘러 둘째 만들어야지."

수첩에 뭔가를 적던 후작이 케케를 보고 말했다. 18년을 한결같이 해 왔고 심지어 임신 중에도 했던 입수였지만, 갑자기 못 견딜 정도로 추위가 무서웠다. 후작이 입수를 망설이는 케케를 보면서 한 손에 든 펜으로 세 구의 시신을 가리켰다.

"이렇게 되고 싶어? 아니면 베소를 이렇게 만들어 줄까?"

후작이 어깻죽지에 끼고 있던 장검의 날에는 아직 굳지 않은 피가 줄줄 흐르고 있었다. 케케는 떨리는 발을 연못에 담갔다. 그제서야 연못 안에 베소가 있다는 것을 알아차렸다. 다가가려 했으나, 후작의 벌건 장검이 베소와 케케 사이를 갈랐다. 신랑과 신부는 서로의 눈을 마주 볼 수 없었다. 그렇게 30분 동안, 달로 향한 둘의 평행한 시선은 밤의 소실점에서 만났다.

*

케케는 추위를 견딜 수 없었다. 온몸에 깨진 유리가 박힌 느낌이 들어 옴짝달싹할 수 없었다. 조금이라도 움직일라치면 박힌 유리들이 더 깊숙이 파고들었다. 케케는 평소 기록에 한참 못 미친 시간에 물에서 빠져나왔다. 십수 년 동안 획득한 한랭 내성이 출산 후에 감쪽같이 사라져 버린 듯했다.

"됐어. 베소도 나와."

시계를 보던 바빌로프가 말했다.

케케는 한시라도 빨리 방으로 돌아가 베소를 힘껏 끌어안고 실컷 울고 싶었다. 그런데 하녀 둘이 큰 거적때기를 가져오더니 연못가에 깔았다. 후작은 연못가에 있는 의자에 앉아 다리를 꼰 채로 권총을 닦고 있었다.

"베소, 케케. 지금 당장 해. 이 위에서. 제일 추울 때, 지금 해야 해! 어서!"

당황한 둘이 엉거주춤하자 후작은 권총으로 케케를 겨냥했다.

"얼른 해. 베소, 5분 준다. 아니면 케케는 죽어."

결심을 한 베소는 떨고 있는 신부를 거적때기 위에 눕히고 거칠게 몸을 비볐다. 모두가 보는 앞에서, 둘은 살기 위해 섹스를 했다. 수치와 치욕은 첫 순간뿐이었다. 눈보라 속에서 둘은 점점 뜨거워졌다.

"성기가 뜨거워지면 안 돼. 추위에 살아남은 정자만 난자에 도달해야 해."

후작이 옆에 있던 바빌로프에게 말했다. 그가 신호를 보내자 하녀들이 바가지에 얼음물을 가득 떠서는 엉켜 있는 부부의 사타구니에 연거푸 뿌렸다. 물과 뭍 사이에 술렁이는 소름이 일었다.

"5억 개가 넘는 베소의 정자 중에서 챔피언 정자를 골라내는 방법이야. 그 정자 안에 베소가 획득한 한랭 내성의 정수가 들어 있을 거야. 그 일등 정자와 케케의 난자가 수정해야 해."

후작은 바빌로프에게 자신이 고안한 수정 방법을 설명했다.

케케는 울었다. 너무 울어 눈동자가 맑어졌고 세상이 희석되었다. 흰 눈보라가 밤의 검음을 남김없이 덮을 때쯤, 베소의 강한 온기가 한 움큼 빠져나가고 곧바로 몸이 늘어졌다. 그러자 군인들이 베소를 일으켜 지하로 끌고 내려갔다. 하녀가 말은 거적때기를 하나 더 가져와, 바로 누워 있던 케케의 종아리 밑에 괴어 다리를 높이 들어 올렸다.

"일부터 오십까지 천천히 세!"

"하나…… 둘…… 셋……."

벌거벗은 케케는 떨면서 숫자를 셌다.

그렇게 몇 주를 반복하고 나서, 케케는 두 번째 아이를 가졌다.

**

"둘째도 구멍 바구니에 담겨 곧바로 얼어 죽었나요?"

"아니. 기오르기는 후작의 예측대로 한랭 내성이 대단했대."

"그런데요?"

"홍역에 걸려 죽었대. 6개월 만에."

사내는 펜을 수첩 위에 놓고 보드카를 잔에 따랐다.

"어머니는 그 사실을 어떻게 아셨어요?"

사내의 질문에 노파는 잠시 뜸을 들였다.

"배식하는 하녀들이 떠드는 소리를 엿들었어."

노파가 다시 눈물을 글썽였다. 사내는 말없이 보드카를 마셨다.

"너는 이런 이야기를 듣고도 정말 눈 하나 깜짝하지 않는구나."

사내는 대꾸하지 않고 잔에 다시 보드카를 채웠다.

"네가 우는 모습을 본 게…… 네 처 카토를 묻을 때가 마지막이었구나."

"그 이야기는 하지 마세요."

사내가 눈썹을 부러뜨렸다.

"야샤가 여섯 살이니 딱 6년 전 일이구나. 네 처는 좋은 아이였어. 카토는 엄마 노릇도 못 해 보고……."

"그만하세요!"

고함에 놀란 어머니가 서운한 눈빛으로 아들을 보았다. 어색해진 사내는 고개를 떨구고 왼손으로 잔을 잡으려다 손이 미끄러졌다. 바닥에 떨어진 잔은 산산조각이 났다.

"카토는 돌 같았던 제 마음을 부드럽게 해 준 유일한 사람이었어요. 아내를 묻으면서 내 속에 마지막으로 남은 인간의 온기도 함께 묻어 버렸어요. 그 이후 저는 완전히 다른 사람이 되었죠."

"다친 왼팔이 아직도 시원찮니?"

노파의 눈빛은 오로지 아들에 대한 걱정으로 가득 차올랐다.

"괜찮아요."

사내가 불편한 왼팔로 깨진 잔을 주우려 하자, 노파가 아들의 손을 치우고 허리를 굽혀 조각난 파편을 모았다.

"그다음이 저였나요?"

사내가 쪼그라진 어미의 등을 내려다보며 물었다.

"기오르기를 낳자마자 나와 베소는 후작이 보는 앞에서 또 그 짓을 해야 했어. 매일 그 거적때기 위에서."

흰자와 검은자

한랭 내성의 살아 있는 성과였던 기오르기가 홍역으로 허무하게 죽어 버리고, 황제가 언제 들이닥칠지 모르는 상황이었지만 후작은 전혀 동요하지 않았다. 그리고 이제 얼마 남지 않은 수도원의 실험체들 중에서 성과가 없는 개체를 아무렇지도 않게 죽여 나갔다. 그는 잔잔하게 잔인했다. 그것은 좋고 나쁨을 초월한, 정점에 도달한 '악' 그 자체였다.

이제 아이들과 함께 입수하며 울고 웃던 후작의 모습은 온데간데없었다. 한때 착하고, 젊고, 패기 넘치던 천재 유전학자는 세상에서 완전히 사라졌다. 홀로드나야가 세워진 지 20년이 되던 해, 후작이 획득한 악마성은 강철처럼 견고해졌다.

*

두 아이를 출산하고 나서 케케는 순식간에 한랭 내성을 잃어버렸고, 오한은 극에 달했다. 온몸의 관절 안에 철침이 들어 있는 듯했다. 뼈 사이에서 얼어붙은 연골은 닳는 게 아니라 깨져 버렸고, 벌건 살갗은 날이 갈수록 살벌해졌다.

기오르기를 임신할 때처럼 베소와 케케는 30분 입수 후 사타구니에 물세례를 받으며 연못가에서 성교를 했다. 획득 형질을 완전히 상실한 케케는 입수와 성교 내내 온몸을 부들부들 떨었다. 멈출 수 없는 떨림이 시작되면 죽은 파벨의 간질 발작이 떠올랐다. 그러다 의식을 잃기도 했는데, 눈을 떠 보면 다리 밑에 말은 거적때기가 받쳐져 있었고, 연구원이 삼십 내지는 사십 정도의 숫자를 세고 있었다. 쇠약해질 대로 쇠약해진 케케는 좀처럼 임신이 되지 않았다. 연구원들은 안절부절못했지만, 리센코 후작은 차가운 동상처럼 전혀 동요하지 않았다.

*

이 무렵 수상한 사람들이 후작을 만나러 자주 수도원에 들락거렸다. 무슨 이유에서인지, 상트 페테르부르크의 혁명가들이 귀족인 리센코를 만나러 멀고도 추운 시베리아의 투루한스크까지 찾아왔다. 초라한 행색의 인텔리겐

치아들은 자칭 자유주의자, 사회 개혁주의자 또는 무정부주의자였다. 후작은 먼 곳까지 찾아와 준 이들에게 후한 대접을 했고, 이들이 수도원을 떠날 때는 여비 조로 묵직한 돈다발을 호주머니에 찔러주곤 했다.

인텔리겐치아들 중에 가장 특이했던 사람은 바빌로프의 소개로 수도원에 방문한 솔로비예프라는 사내였다. 무표정한 그는 오래전에 결심한 의지를 얼굴에 박제해 버린 듯했다. 그래서인지 솔로비예프는 어딘지 모르게 리센코 후작과 비슷한 분위기를 풍겼다. 후작은 이례적으로 무표정한 사내가 일주일 동안 수도원에서 머물 수 있게 배려했고, 매일 밤을 새우며 그와 밀담을 나눴다. 솔로비예프가 상트 페테르부르크로 돌아갈 때, 후작은 바빌로프를 그에게 붙였다. 그리고 바빌로프에게 거금과 약간의 독극물을 맡겼고, 솔로비예프에게는 자신의 권총을 선물로 주었다.

20년 전 동서 홀로드나야에 모여 살았던 500명의 아이들은 지금 10분의 1밖에 남지 않았다. 기도 시간에 수도원 연못에 입수하는 인원은 남자가 열댓 명 정도였고 여자가 서른 명 남짓이었다. 그중 임산부는 두 명뿐이었다. 수도원 3층에서 터져 나오던 아기 울음소리와 산모의 비명은 점점 뜸해지더니 이제는 어쩌다 한 번씩만 들렸다. 수도원에서 태어난 아이들은 미하일과 기오르기를 포함해서 세 살을 넘기지 못했다. 그나마 기대했던 스물다섯 살의 산모는 출산 후 과다 출혈로 죽었고, 간신히 살아남은 아이는 추위를 무척 잘 견뎠으나 수도원에서 돌던 독감에 걸려 폐렴으로 죽었다.

홀로드나야의 아이들은 한랭 내성, 획득 형질의 유전은커녕 대가 끊긴 채로 몰살 직전이었다.

1879년 초, 케케도 독감에 걸렸다. 한랭 내성이 사라진 자리에 오한이 들이닥치자 케케는 눈에 띄게 수척해졌다. 독감은 결국 폐렴으로 번졌다. 하지만 입수 기도 직후 강제되는 베소와의 거적때기 야외 성교는 하루도 쉬지 않고 계속되었다.

198

그러던 어느 날, 아침 입수가 끝나고 방으로 돌아온 케케가 냉기에 강간당한 채 잠이 들었다. 그리고 서리 긴 꿈이 차갑게 펼쳐졌다.

꿈속의 케케는 파벨의 냄새를 몰래 탐하던 열세 살 소녀였다. 보름달을 안은 검은 그림자가 3번 통나무 오두막으로 미끄러지듯 들어왔다. 윤곽도 무게도 없었지만, 케케는 그녀가 나타샤 언니라는 것을 단번에 알아챘다. 눈꺼풀이 개울을 토해 냈다. 검은 나타샤는 울고 있는 케케에게 따라오라는 손짓을 했다. 케케가 천천히 몸을 일으켰다. 토해 낸 눈물에 폐렴이 씻긴 듯, 머리와 몸이 무척 가벼웠다. 곧장 밖으로 나간 나타샤를 쫓았다. 그곳은 서홀로드나야의 광장이었다. 나타샤는 단단하게 얼어붙은 저수지 가운데에 서 있었다. 그녀가 양손으로 안고 있던 보름달은 머리만 한 돌이었는데, 그 신비한 무게는 케케에게도 전달되었다. 케케가 다가서자, 나타샤는 들고 있던 중량으로 얼음 바닥을 내리쳐 동그란 구멍을 만들었다. 그러고는 그 구멍으로 천천히 들어갔다. 발끝부터 무릎, 허리 그리고 가슴까지. 머리만 남은 나타샤가 뭐라고 이야기했지만, 마비된 케케는 들을 수 없었다. 나타샤는 양팔을 구멍에서 꺼내 돌을 집더니 가슴에 안았다. 그리고 구멍 속으로 스스로 들어가 자신을 익사시켰다. 케케는 눈을 감았다.

다시 눈을 떴지만, 감은 것과 마찬가지로 깜깜했다. 케케는 이곳이 한때 나타샤도 머물렀던 수도원의 지하 방이고, 폐렴이 나았으며, 곧 탈출해야만 한다는 것을 한꺼번에 깨달았다. 큰 숨을 내쉬고 고개를 돌렸다. 그 칠흑 같은 어둠 속에서 왼쪽 벽에 돌출된 검은 윤곽이 똑똑히 보였다. 튀어나온 돌은 신비로운 무게감으로 케케를 빨아들였다.

케케는 돌을 흔들어 빼냈다. 그 안에는 나무판자가 덧대어 있었다. 그것을 힘껏 밀었더니 그 너머로 묵직한 돌이 밀리는 소리가 났다. 나무판자를 옆으로 밀었더니 돌 틈으로 희미한 빛이 들어왔다. 옆 벽의 건너편에는 지상으로 통하는 계단이 있었다. 좁은 구멍을 통과하려면 우선 나무판자를 빼내야만 했다. 판자를 이리저리 밀다가 모서리를 찾아냈다. 케케는 빼낸 돌 틈 사이로 얇은 상자를 잡아 뺐다.

그때, 통로로부터 급한 발걸음 소리가 빠르게 접근했다. 케케는 얼른 상자를 다시 집어넣고 빼낸 돌로 구멍을 틀어막았다. 빗장이 풀리고 나무 문이 벌컥 열렸다.

"케케! 나와! 지금 후작님이 너를 찾으신다."

*

낮과 밤이 엉켜 있는 시간에 군인을 따라 올라간 수도원의 2층은 처음 보는 세상이었다. 몇 개의 문을 연거푸 열자 가장 화려한 문이 나타났다. 군인은 옷을 단정히 하고 노크했다.

"들여보내고 너는 나가 있어."

케케는 문안으로 내팽개쳐졌다. 안은 아지랑이가 어지러이 오를 정도로 더웠다. 높고 넓은 창문이 있는 후작의 집무실에는 급히 싼 여행 가방들과 책들이 널려 있었고, 벽난로에서는 미친 듯이 타오르는 불꽃들이 냉기를 토벌하고 있었다. 무엇보다도 난생처음 느껴 본 양탄자의 폭신함에 케케는 어리둥절했다.

"다 끝이야! 다 끝장났어!"

만취한 후작이 소리쳤다. 그는 넓은 책상 위에 왼쪽 발을 올리고 발가락에 감겨 있던 붕대를 풀었다. 예전에 붉은 마녀 리자에게 물렸던 두 번째와 세 번째 발가락의 살이 엉겨 붙어서, 접목한 묘목처럼 하나의 발가락이 되어 있었다.

"케케! 내 기적이 참 탐스럽게 영글었어!"

후작의 눈빛이 벽난로보다 더 시뻘겋게 타올랐다. 그는 책상 위에 놓인 술을 병째로 들이마시고는 걸치고 있던 가운을 벗었다.

"옷 벗고 이리 와서 엎드려."

망설임을 감지한 후작은 천천히 일어나 채찍을 쥐었다. 거대하고 단단한 시선이 케케의 몸통 한가운데 박혔다. 벌거벗은 후작을 보고 그가 무엇을 원하는지 알 수 있었다. 강제될 시간에 발버둥 쳐 봐야 고통만 늘 뿐이었다. 케케는 원피스 내의를 벗고 책상 위로 허리를 굽혔다.

"이거나 하나 먹어라. 너 이거 좋아하잖아."

후작은 책상 위에 있던 물고기 문양이 새겨진 양철통에서 검은 초콜릿 한 알을 꺼내어 케케의 입속에 쑤셔 넣었다.

정신없이 흔들리는 책상에 바짝 달라붙은 채로 창밖을 바라보았다. 어스름한 언덕길 끝에 두 개의 흘로드나야가 마주 보고 있었다. 쌍둥이 흘로드나야 사이에는 개울이 거울처럼 놓여 있었다. 하얗게 얼어 버린 두 저수지는 마치 눈의 흰자 같았다. 하지만 검은자가 없었기에 쌍둥이는 서로를 볼 수 없었다.

흔들리는 하늘의 천장에서 리자의 머리결 같은 노을이 내려왔다. 붉은 마녀 리자가 죽던 날, 감자를 먹으며 그녀가 췄던 춤을 이제 케케가 추고 있었고, 통나무 틈사이로 주고받았던 시선의 안과 밖이 바뀌었다. 몸속 깊은 곳에서 웃음이 새 나왔다. 그제야 케케는 리자의 수수께끼 같던 웃음을 이해할 수 있었다. 앞뒤로 요동치던 시차視差와 시차時差가 못 박히자, 시선이 고정되고 시간이 멈췄다.

'오늘 밤, 저곳으로 돌아가서 흰자 위에 검은자를 찍어 놓는다.'

후작이 20년간 획득한 무자비함이 극에 달하자, 악마의 정수가 수억 개의 쇳가루가 되어 케케의 몸속에 박혔다. 그중 단 한 개가 미숙했던 자궁의 간지러움을 적출했다. 케케는 오십까지 셀 필요가 없었다.

지친 후작은 소파에 털썩 주저앉더니 술로 목을 축였다. 그리고 귀찮다는 듯이 케케에게 나가라고 손짓했다. 울지 않았다. 아프지도, 억울하지도 않았다. 천천히 옷을 입으며 입안에 남은 초콜릿을 삼켰다. 발바닥을 타고 올라온 양탄자의 푹신함이 삼켜 버린 쏩쓸함과 배에서 만났다. 몸가짐이 달라졌다. 원피스의 마지막 단추를 단정하게 채운 케케는 완전히 다른 사람이 되어 있었다.

*

차갑고 어두운 방으로 돌아온 케케는 거적때기처럼 바닥에 누워서 저녁 입수 기도를 기다렸다. 어김없이 7시 종이 울리고 익숙한 소리들이 돌계단을 내려왔다. 여자들이 끌려갔다 물에 젖은 채로 돌아왔고, 이어 남자들이 끌려갔다가 언 채로 돌아왔다. 이제 케케의 차례다.

밤이 점령한 중정. 후작은 나오지 않았다. 입수, 기도, 물세례. 베소와의 거적때기 정사는 평소와 다를 바 없었다. 연구원과 하녀들이 잠시 어수선한 틈을 타, 케케는 베소에게 재빨리 속삭였다.

'오늘 밤에 나타샤를 따라갈 거예요.'

섹스 후의 수상한 순수함과 수수한 속삭임. 케케는 사랑하는 사람에게 마지막을 전할 수 있음에 감사했다. 눈에 성에가 꼈다.

'기적을 빈다. 꼬마 숙녀.'

돌이킬 수 없음을 직감한 베소는 어린 아내에게 아련한 미소를 보내 주었다.

군인 둘이 베소를 일으켜 끌고 갔다. 참으로 좋아했던, 그리고 아랫배를 아프게 했던 짐승의 등이 한 걸음, 두 걸음 그리고 세 걸음 멀어졌다.

"하나, 둘, 셋……."

케케는 멀어져 가는 베소의 걸음에 맞춰 절박하게 숫자를 세기 시작했다.

**

사내의 졸린 펜이 종이에 누웠다.

노파는 이야기를 멈추고 앉은 채로 잠든 아들의 얼굴을 뚫어지게 쳐다보았다. 장작이 다 타 타닥거릴 때까지 모자는 그렇게 정지했다. 노파는 아들의 얼굴 속에서 누군가를 끄집어내려는 듯, 이목구비의 구석구석을 유심히 관찰했다.

이 멈춤을 깬 건 마을 어귀에서 난 말발굽 소리였다. 사내의 귀가 몇 번 쫑긋거리더니 눈꺼풀이 스르륵 올라갔다.

"졸지 않았어요. 다 듣고 있었어요."

사내는 한 번도 잠든 적이 없었던 사람처럼 당당하게 말했다. 아들이 추울까 봐 노파는 담요와 새 장작을 가지고 왔다. 그사이 사내는 창가에 서서 창문 틈으로 말발굽 소리의 정체를 살폈다. 하지만 밖에는 아무것도 없었다. 사내는 다시 테이블에 앉아 펜을 들었다.

"보드카를 너무 많이 마셨나 봐요. 계속하세요."

"어디까지 들었니?"

노파는 천천히 손을 뻗어 사내의 잔에 남아 있던 술을 마셔 버렸다.

"돌 틈으로 빛이 샌다고 했나요? 나무 상자, 거기로 탈출한 거예요?"

오십

감시의 발소리가 완전히 사라진 열 시쯤, 케케는 돌을 빼내고 안쪽의 나무 상자를 꺼냈다. 상자 안에는 얇은 천 같은 게 있었지만 어두워서 보이지 않았다. 일단 구멍으로 한쪽 팔과 얼굴을 밀어 넣고 꿈틀거리자 쉽게 상체가 빠져나왔다. 그다음 골반이 걸렸지만 몸을 비틀어 간신히 빠져나왔다. 옆벽 너머는 창고였다. 지상으로 올라가는 계단 아래에는 수십 개의 구멍 바구니와 나무 식기가 어지럽게 널려 있었다. 케케는 손을 뻗어 방에 남아있던 나무 상자와 천을 빼낸 뒤, 이제는 건너편이 되어 버린 방 안의 돌로 구멍에 막고 나무 상자를 원위치시켜 놓았다. 숨과 발을 죽여 가며 계단을 오르자 수도원 건물뒤편 쓰레기장이 나왔다. 흰 보름달이 맨발의 탈주자에게 희미한 조명을 비춰 주었다. 케케가 상자에서 꺼낸 천은 나타샤가 결혼식 때 입었던 흰 원피스였다. 심방 중

하나가 먹먹했지만, 지금은 달빛에 젖어 있을 때가 아니었다.

케케는 수도원의 안쪽 담벼락을 따라 중정으로 나갔다. 추위가 밤의 칼날을 세웠다. 가장 낮은 담을 노리고 살금살금 반보씩 전진했다. 목표 지점에 거의 다 왔을 때 졸고 있던 보초가 돌연 잠에서 깼다. 케케는 재빨리 담벼락의 튀어나온 부분에 몸을 웅크렸다. 달 그늘이 케케의 몸을 숨겨 주었지만, 인기척을 느낀 보초는 총을 들고 케케의 코앞까지 다가왔다. 그때 멀리서 언덕을 올라오는 말발굽 소리가 빠르게 다가왔다. 밤의 주목을 한 몸에 받은 말발굽은 굳게 잠긴 문 앞에서 비로소 멈췄다. 돌아선 보초가 총을 들고 정문으로 향했다.

"연구원 바빌로프다. 빨리 문 열어! 후작님께 급히 전할 게 있어!"

보초가 정문을 열자마자 바빌로프는 고삐를 보초에게 던지고 중정을 가로질러 수도원 건물로 뛰어갔다. 당황한 보초는 고삐를 든 채로 잠시 멍하니 있다가 정문을 잠그고 반대편 마구간으로 향했다. 케케는 기회를 놓치지 않고 담을 넘었다. 두 번째였다. 12년 전, 사랑하는 언니의 흰 원피스를 위해 담을 넘었던 꼬맹이는 이제 그 옷을 입고 다시 담을 넘었다. 세상이라는 험악한 숲이 케케 앞에 미로처럼 펼쳐지겠지만, 돌이킬 수 없었다. 예전의 그 꼬맹이는 오늘 죽었다.

*

눈이 수북이 쌓인 언덕길의 응달을 타고 내려갔다. 발걸음에 찌부러지는 눈과 짜개지는 살얼음 소리가 밤을 깨웠지만, 밤 구름이 어디선가 나타나 슬며시 달을 가려주었다. 언덕을 거의 다 내려올 때까지 어떠한 추격의 조짐도 없었다.

텅 빈 홀로드나야는 어둠보다 검었다. 3번 통나무 오두막은 굳게 잠겨 있었다. 케케는 저수지로 걸어갔다. 후작의 방에서 내려다본 것처럼 하얗고 단단하게 얼어 있었다. 저수지 옆에 놓인 큰 돌을 양손으로 들고 빙판 한가운데로 걸어갔다. 그곳에는 누군가 뚫어 놓은 작은 구멍이 있었다. 큰 돌로 구멍 주변의 얼음을 깨 커다란 검은 자를 만들었다. 케케는 돌을 품에 안고 얼음 구멍 앞에 섰다. 각막이 간지러워 올려다본 밤하늘은 오롯이 오로라 차지였다. 케케는 언덕 위 수도원을 물끄러미 바라보았다. 아무것도 보이지 않았다.

"안녕, 베소."

엄마의 자궁 속으로 빨려 들어가는 것처럼 케케는 흰 자 속으로 가라앉았다. 저수지의 고운 바닥은 후작의 방에서 느꼈던 양탄자처럼 푹신했다. 마치 겪어 봤던 것처럼, 케케는 그 부드러움에 자연스럽게 파묻혔다. 태아처럼 오므라든 케케에게 추위도 오한도 없었다.

'오십……'

케케의 배 속에서도 무엇인가가 파묻혔다.

'사십구…… 사십팔…… 사십칠……'

시간이 거꾸로 흐르면서 케케는 점점 작아졌다.

'셋…… 둘……'

아득했던 시간들에 잠긴 케케는 착상된 수정란처럼 아늑한 한 점에 수렴했다.

'하나.'

* *

"저수지 밑바닥에서 어떤 기적이 일어난 거죠?"

케케의 자살은 사내의 관점에서는 '존재의 소멸'이 아니라 '존재 이전의 소멸'이었다. 난생처음 머리에 떠오른 이 개념은 사내에게 신비로운 불쾌감을 주었다.

"기적? 그래…… 기적이었겠지…… 그런데 그걸 기적이라고 해야 할까?"

대조군

다른 세상에서 날아온 거대한 손이 케케의 머리와 어깨를 잡아당겼다. 양수 터지듯 주변의 물이 한꺼번에 빠져나가고 낯선 공기가 숨길로 밀려 들어왔다. 눈을 뜰 수 없었지만, 물 밖이라는 것만은 확실했다. 가슴을 가득 채운 바람이 다시 좁다란 숨길을 따라 빠져나가면서 케케는 신생아의 울음소리를 내뱉었다.

*

정신이 돌아왔지만 몸은 움직이지 않았다. 온 힘을 눈썹에 모아 겨우 실눈을 떴다. 익숙한 검은 방이었다. 모든 게 꿈이었다는 생각이 들 찰나 방 전체가 심하게 요동치고 있다는 것을 깨달았다.

"괜찮……니?"

케케의 시야에 검은 얼굴의 윤곽이 흔들렸다. 검은 여자가 서둘러 램프를 켰다. 시야가 밝아지자 덜컹거리는 주변의 소리까지 들렸다. 케케는 자기 몸이 마차의 짐칸에 누워 있다는 걸 알아챘다.

"괜……찮……지?"

더듬거리는 목소리가 불빛과 함께 다시 다가왔다. 낯익은 빛, 귀에 익은 목소리였지만 기억나지 않았다. 다시 눈을 뜨자 붉은 산발 같은 오로라가 두 개의 동그란 밤을 에워싸고 있었다. 두 개의 깊은 검음 사이에는 엄지손톱만 한 붉음이 찍혀 있었다. 5년 전에 불타 죽은 붉은 마녀 리자의 얼굴이었다.

"리자?"

혼수 속이었지만, 케케는 그 이름을 꼭 불러 보고 싶었다. 그러자 발치에서 후다닥 올라온 두 개의 물체가 케케의 시야 안으로 들어왔다.

"깼나 봐요. 말을 해요!"

남자아이가 깜짝 놀라며 소리쳤다.

"이모! 이 여자가 이모의 이름을 알아요!"

남자아이보다 좀 더 큰 여자아이가 외쳤다.

"리자! 소냐! 거의 다 왔으니 담요 잘 덮어 주고 있어."

앞쪽에서 말을 몰던 여자가 뒤를 향해 소리쳤다.

"네, 엄마."

열 살쯤 되어 보이는 소녀가 두꺼운 담요를 목까지 올려 주었다.

"파벨! 네 담요도 줘!"

누나가 말하자 남자아이는 덮고 있던 담요를 얼른 건넸다.

마차는 달리고 또 달렸다. 희미한 불빛들이 듬성듬성 비치는 곳을 지난 마차는 어떤 집 앞에 멈춰 섰다. 숨 가쁘게 마차를 몰던 여인이 말을 묶고 짐칸으로 올라왔다.

"아가씨! 정신이 좀 들어요?"

한쪽 귓불이 없는 여인은 30대 초반으로 보였고, 저수지 바닥에 가라앉았던 케케를 구하느라 온몸이 흠뻑 젖어 있었다. 케케는 단번에 여인이 누구인지 알아챘다. 나타샤였다.

케케는 그녀에게 웃음을 보여 주려 애썼지만, 채 입꼬리를 올리지 못하고 의식을 잃었다.

＊

감은 눈 밖에서 따듯함이 일렁이더니 온몸이 부드러워졌다. 발바닥의 피부들이 촉감의 정체는 리센코의 집무실에 깔려 있던 양탄자라고 주장했다. 하지만 몸통의 피부들은 이와 똑같은 촉감을 저수지의 밑바닥에서도 느꼈다고 반론했다. 감각들의 이러한 혼란이 케케가 살아 있음을 또렷하게 인지시켰다. 그러자 눈뜰 용기가 생겼다.

모든 것이 선명했다. 일렁임은 벽난로였고, 부드러움은 양탄자였다. 케케는 몸을 일으켜 주변을 둘러봤다. 온기가 가득한 실내였다. 고개를 돌려 보니 마차 위에서 얼핏 봤던 남매가 놀란 눈으로 케케를 뚫어져라 쳐다보고 있었다.

"엄마! 일어났어요!"

남자아이가 소리치자 잠깐 봤던 아이 엄마가 부리나케 달려왔다. 케케는 눈과 기억이 의심스러워 다시 한번 그녀의 얼굴을 뚫어지게 쳐다보았다.

"수도원에서 내려온 거예요?"

목소리에 집중하느라 케케는 대답할 수 없었다. 홀로드나야에서 냉동된 시간들이 이곳에서 해동되어 여생을 보내는 듯했다.

"무슨 사연이 있는지는 모르겠지만, 젊은 처녀가 자살이라니…… 그러면 못써요."

아이 엄마는 뜨거운 차를 케케의 손에 쥐여 주었다. 남매는 케케를 경계하며 엄마 옆에 찰싹 붙어 섰다.

"내 아이들이에요. 큰 애가 소냐, 작은 애가 파벨. 얘네

가 당신이 물에 빠지는 걸 보지 못했더라면 어쩔 뻔했어
요?"

남매의 얼굴에는 갓난아이 때의 모습이 고스란히 남
아 있었다. 암기된 암울한 기록이 복기 되었다.

"그리고 내 이름은……."

"나타샤! 나타샤 맞죠?"

케케가 소리치자 놀란 여인은 한걸음 뒤로 물러섰다.
침묵 속에서 둘은 서로의 얼굴을 탐색했다.

"러시아에서 제일 흔한 이름이죠."

여인이 먼저 시선을 내렸다.

"소냐와 파벨이…… 많이 컸군요."

214

케케는 지금 상황이 어떻게 된 건지 도무지 파악할 수
없었다. 또 7년 전에 죽었지만 지금 눈앞에 생생하게 서
있는 나타샤에게 어디서부터 어떻게 이야기해야 할지 몰
랐다. 맥박 없는 눈물이 흘러내렸다.

"그런데 우리 가족을 아세요?"

케케의 혼란만큼 나타샤도 놀란 표정이었다. 그때, 소
년의 머리 뒤에서 손바닥만 한 오로라가 피어나더니 점
점 짙어졌다.

"파벨!"

케케가 손을 뻗치려 하자, 소년이 스르륵 뒤로 넘어졌
다. 흰자만 남은 소년은 사지가 뒤틀린 채 바들바들 떨기

시작했다. 간질 발작이었다.

"뜨거우면 차게, 차면 뜨겁게 해 줘야 해요."

케케가 반사적으로 소리쳤다. 귓불만 없을 뿐, 쓰러진 소년은 그때 죽지 않은 파벨이 확실했다.

"알고 있어요."

나타샤는 이런 일에 익숙한 듯, 뒤틀린 아이를 안고 침착하게 방으로 들어갔다.

"소냐! 얼른 담요 가지고 와."

엄마의 명령에 소냐는 반대편 방으로 뛰어 들어갔다. 얼핏 본 소냐의 귀에도 귓불이 없었다.

*

현관문이 열리더니 붉은 머리 여자가 맨발로 뛰어 들어왔다. 마차에서 어렴풋이 봤던 그녀는 5년 전 불에 타 죽은 리자였다. 키와 몸집만 커졌을 뿐, 얼굴은 열여섯 살 때 모습 그대로였다. 오로라처럼 붉은 머리카락은 물론 미간 사이에 있는 반점 그리고 검고 깊고 커다란 눈까지도 똑같았다.

"리…… 리자……."

케케가 이름을 부르려 하자 그녀는 집게손가락으로 조용히 하라는 시늉을 하면서 윙크를 보냈다.

"하늘에서 피가 내려와. 이번 피는 커. 땅에서도 솟구칠 거야. 그리고 피가 달려올 거야! 이제 거의 다 왔어."

마녀가 붉은 오로라가 드리운 밤하늘을 보며 주문처럼 중얼거렸다.

"리자! 조용히 해! 파벨이 아파."

방 안에서 나타샤의 목소리가 들렸다. 그러자 리자는 현관 쪽으로 살금살금 걸어가 조심스럽게 문을 열고는 케케를 향해 따라오라는 손짓을 했다. 알 수 없는 힘이 케케를 일으켰다. 수도원을 빠져나올 때의 흰 원피스 차림 그대로였고 멀쩡히 걸을 수도 있었다. 문밖에서 손짓하는 오로라에 홀려, 케케는 미끄러지듯이 현관을 빠져나갔다. 밖에서 기다리고 있던 리자는 케케의 손을 덥석 잡고는 밤길을 내달렸다. 휘날리는 붉은 머리 사이로 언뜻언뜻 보이는 그녀의 왼쪽 귀에는 귓불이 없었다.

리자는 숨을 헐떡거리며 높은 건물을 향해 내달렸다. 부서진 울타리를 넘어 들어간 건물의 앞에는 커다란 연못이 있었다.

"여기는 남자들이고."

리자는 속도를 줄이지 않고 연못을 빙 둘러 건물 뒤편을 향했다. 그곳에는 앞쪽에서 봤던 것과 쌍둥이처럼 똑같은 연못이 하나 더 있었다. 살얼음이 둥둥 떠 있는 어두운 연못. 그 주변에는 홀로드나야에서 사용하던 것과 똑같은 구멍 바구니 수십 개가 나뒹굴고 있었다.

"여기가 애들과 여자들."

연못 건너편에 서 있는 나무 아래, 막 물에서 나온 듯한 여인이 쫄딱 젖은 아이를 수건으로 닦아 주고 있었다.

"피가 내리고, 피가 달려오고, 피가 솟구친다."

리자는 케케의 손을 놓고는 하늘을 향해 알 수 없는 노래를 불렀다.

"따라와."

그녀는 경중경중 춤을 추며 젖은 여인 쪽으로 다가갔다. 케케는 숨을 고른 후 천천히 리자의 뒤를 따랐다.

"리자! 이 밤에 누구를 데려온 거야?"

멀리 있던 여인의 젖은 목소리가 몇 걸음 앞으로 다가왔다.

"오로라가 내리고, 오로라가 달려오면, 오로라가 솟아."

리자는 제자리 뛰기를 하면서 노래를 계속했다.

"리자! 그만하고, 이리 와서 애 말리는 것 좀 도와줘."

케케의 한쪽 귀가 반사적으로 펼쳐졌다.

"내가 친구를 데리고 왔어!"

수건을 건네받은 리자가 말했다.

"안녕하세요?"

물기를 닦느라 바쁜 여인은 케케를 제대로 보지 않고

건성으로 인사했다. 물이 뚝뚝 떨어지는 긴 머리를 귀 뒤로 넘겼는데, 왼쪽 귓불이 없었다. 여인이 구멍 바구니에서 세 살쯤 되어 보이는 남자아이를 꺼내 들자 리자가 수건으로 아이의 물기를 닦아 주었다.

"이제 너는 혼자 옷 입어!"

여인이 발치에서 흰 입김을 내뿜는 또 다른 남자아이를 다그쳤다.

젖은 여인은 천천히 케케 쪽으로 얼굴을 돌렸고, 둘은 서로의 눈을 마주쳤다.

그 순간, 둘은 상대의 얼굴에서 자신을 보았다. 케케와 케케는 완전히 멈춰 버렸다. 둘은 서로의 그림자가 되어 상대방이 움직이기 전까지 움직일 수 없었다. 그 얼어붙은 시간에, 케케는 어떤 얼굴이 떠올랐다. 나타샤의 결혼 화관을 만들러 딱 한 번 홀로드나야를 벗어났을 때, 길 잃은 숲에서 우연히 베소를 만나 간신히 돌아왔던 홀로드나야. 세수하러 개울에 갔을 때 일렁이는 수면에 비쳤던, 젖은 채로 훌쩍 커버린 어떤 아이의 얼굴. 케케는 지금 그 얼굴과 눈을 마주친 채 얼어 있었다. 두 아이 어머니의 젖은 눈꺼풀이 조금씩 올라가더니 동공이 눈보다 커졌다. 둘은 보는 만큼 보여질 것이 두려워 시선을 비꼈다. 케케는 이 모든 일이 붉은 마녀 리자의 마법이라고 생각할 수밖에 없었다. 무너지지 않기 위해서는 이곳을, 이 밤을 벗어나야 했다. 케케는 땅바닥에 붙어 버린 발을 겨우 뜯어냈다. 그리고 아이들의 얼굴을 보지 않으려 필사적으로 시선을 고정하며 뒷걸음을 내디뎠다. 더 먼 곳으로 도망가던, 홀로드나야로 되돌아가던 케케는 지금 이 결빙을 깨야만 했다.

쌍둥이 연못을 내달려 부서진 울타리 사이로 빠져나왔다. 밤이 시뻘건 오로라를 토해 냈다. 케케는 지독한 악몽이거나 사후 세계라고 생각했다. 마을 광장을 가로질러 달리면서 케케는 자신의 왼쪽 귀를 만져 보았다. 얼어붙은 귓불이 깨어 있음과 죽지 않았음을 냉정하게 알려 주었다. 그 귓불을 타고 리자의 노래가 희미하게 들려왔다.

"오로라가 내리고, 오로라가 달려오면, 오로라가 솟는다."

갑자기 아랫배에 쇠구슬이 박힌 듯한 통증이 밀려왔다. 케케는 마을 광장 한편에 다 무너져 가는 헛간 안으로 들어가 건초 더미 위에 몸을 뉘었다.

* *

"홀로드나야에 갇혀 있던 우리는 모두 일란성 쌍둥이

였어."

창가에 서서 점점 옅어지는 밤을 보던 사내의 귀가 쫑긋했다.

"대조군이라는 게……."

"그래. 유쥐나야 마을의 기숙 학교에서 자란 케케는 내 대조군이었고, 홀로드나야에 갇힌 나는 한랭 내성 실험군이었지."

"후작이 홀로드나야를 세울 때, 애초에 그렇게 설계했던 거군요. 얘기했던 나타샤, 리자 모두."

"아마 남자 250명, 여자 250명 모두 그랬을 거야. 그러니까 총 천 명의 일란성 쌍둥이들. 1859년에 리센코 후작은 전국에 버려진 쌍둥이 아기들을 모아서 하나는 홀로드나야에 집어넣고, 다른 하나는 마을의 기숙 학교에서 키운 거야. 그는 비교하기 쉽게 이름도 똑같이 지어 놨어. 우리도, 그 아이들도."

220

"리센코의 아이들……."

창가의 사내는 갑자기 왼발에 통증을 느꼈다.

"그래."

"귓불을 자른 것은 대조군 표식을 위해서?"

"아마도. 유쥐나야에서 내가 본 쌍둥이들은 모두 왼쪽 귓불이 없었어. 그리고 그들이 낳은 아이들은 양쪽 귓불이 다 없었고."

사내는 다리를 살짝 절며 다시 테이블로 돌아왔다.

"리센코 후작은 어떻게 됐어요?"

"그는 자신의 이론이 틀렸음을 인정하지 않았어. 그리고 20년에 걸친 자신의 실험을 자신만의 방법으로 끝냈지. 아주 잔인하게. 그는 악마의 심장을 질겅질겅 씹어 먹었어."

붉은 오로라들

권총을 든 솔로비예프가 겨울 궁전에서 산책하던 황제 알렉산드르 2세를 다섯 발이나 쐈지만, 모두 빗나갔다. 암살자는 체포되는 순간 독극물을 삼켰지만, 불행히도 살아났고 곧바로 고문이 시작되었다. 한나절 만에 솔로비예프는 암살의 배후 중에 리센코 후작이 있다는 사실을 토해 냈다. 황제는 20년간 돈을 퍼부은 리센코가 자신을 죽이려 했다는 생각에 격노했다. 그는 솔로비예프를 공개 처형하고, 곧장 황실의 정예 친위대를 투루한스크의 유쥐나야로 출격시켰다. 이 소식을 접한 수석 연구원 바빌로프는 쉬지 않고 말을 달렸고, 한밤중이 다 되어서야 수도원에 도착했다.

"어서 피하셔야 합니다."

후작의 집무실로 날아 들어온 바빌로프가 가쁜 숨을

몰아쉬며 소리쳤다. 후작은 이미 오래전부터 알고 있었던 것처럼, 여유롭게 서류를 분류했다. 바닥에 놓인 큰 여행용 가방 두 개에는 짐이 가득 들어 있었다.

"이제 이 길었던 연구를 마무리할 때가 되었군."

그때 문밖 복도에서 저돌적인 발걸음 소리가 들렸다. 가까워진 발걸음은 감히 노크도 없이 문을 벌컥 열었다.

"후작님! 케케가 탈출했습니다. 샅샅이 뒤져 봐도 없습니다."

경비 대장인 소령이었다. 뒤이어 군인 하나가 피범벅이 된 베소를 끌고 들어와 바닥에 내동댕이쳤다.

"이 녀석이 알 거 같아 족쳤는데, 자기는 모른다는 말만 계속합니다."

후작은 책장에서 가져갈 책을 고르며 바닥에 엎드린 베소를 무표정하게 내려다보았다.

"어떻게 할까요? 유쥐나야 마을로 수색대를 내려보낼까요?"

소령이 후작에게 물었다.

"아니, 그럴 필요 없어."

후작은 훑어본 책을 행낭에 넣고, 천천히 소파에 걸터앉아 파이프 담배에 불을 붙였다.

"소령, 한 명도 빠짐없이 전부 지하에 집합시켜. 연구원들, 군인들, 하녀들 모조리. 지금 당장."

담배 연기가 매캐하게 명령했다. 군인이 베소를 부축해 나가려 하자 후작은 손바닥을 내밀었다.

"베소는 그냥 여기에 둬."

소령과 군인이 경례하고 집무실을 나갔다.

"지금 당장 저와 함께 떠나시죠. 차르의 친위대가 내일이면 이곳에 들이닥칠 겁니다."

문이 닫히자마자 바빌로프가 다급히 얘기했다.

"알았어. 그전에 여기는 마무리하고 가야지."

후작은 다시 책장에 서서 평온하게 책을 골랐다.

"이 녀석은요?"

바빌로프가 정신을 차린 베소를 가리켰다. 베소는 얼굴에 범벅이 된 피를 손으로 닦아 냈다.

224

"베소는 데리고 가야 해. 내가 만들어 낸 한랭 내성의 완성품이야. 저놈 불알 속에 내 연구 성과가 들어 있다고."

후작은 잔을 꺼내 보드카를 가득 따르고 바빌로프에게 건넸다.

"일단 저는 말들을 대기시켜 놓겠습니다."

그는 후작이 준 잔을 단번에 마시고 방을 나갔다. 후작은 보드카를 마시며 쓰다 만 논문들과 두꺼운 통계 자료를 흰 가죽 행랑에 챙겨 넣었다. 그러다 무슨 생각이 났는지, 바닥에 웅크려 앉은 베소에게 보드카 한 잔을 따라 주었다.

"마셔라, 베소. 뜨거운 용기가 솟는 물이다."

스물아홉 살 베소 인생의 첫술이었다. 베소는 후작을 따라서 술을 삼켰다.

"잘 마시네!"

후작이 베소의 빈 잔에 다시 보드카를 가득 채웠다. 베소는 이번에도 술을 목구멍에 털어 넣었다.

"이거 물건이네! 너 주당 챔피언도 되겠는데?"

후작이 베소의 세 번째 잔을 채울 때 바빌로프가 뛰어 들어왔다.

"말은 제일 튼튼한 종마로 준비했습니다."

이어서 군인 한 명이 들어왔다.

"후작님, 분부하신 대로 한 명도 빠짐없이 지하실에 집합했습니다."

"곧 갈게. 너도 내려가 있어."

군인의 발걸음 소리가 멀어지고 베소는 세 번째 잔을 비웠다. 마지막 책을 흰 행랑에 던진 후작은 바빌로프와 베소를 향해 허리를 숙였다.

"지금부터 내 말 잘 들어. 바빌로프! 자네는 우선 지하실 뒤편에서 쓰레기장 쪽으로 연결되는 창고의 돌문을 단단히 잠가. 그리고 거기에 쇠 빗장까지 확실하게 채워

너. 나는 지하실로 내려가는 돌계단의 돌문을 닫을 테니. 그다음에 베소랑 같이 뒤뜰에 저장해 놓은 등유 통을 모조리 일 층으로 가져와. 지하실에 부을 거야. 둘이 들어도 무거울 테니 여기저기 골고루 뿌리면서 가져와."

"전부 불태워 죽이는 겁니까?"

후작의 작전을 들은 바빌로프가 물었다.

"모조리 죽여. 죽음이 모든 문제를 해결해. 인간이 없으면 문제도 없어."

바빌로프는 빈 잔에 보드카를 따르다 말고, 그냥 병째로 몇 모금을 들이켰다. 그리고 후작에게 결연한 눈빛을 보냈다. 후작은 바빌로프가 따르다 만 보드카 잔을 베소에게 건넸다.

"베소! 할 수 있지? 케케는 거기 없으니까?"

구타로 만신창이가 된 베소는 이미 반쯤 취해 있었다. 후작의 말에 고개를 끄덕인 베소는 두 손으로 술을 받아 마셨다.

"유쥐나야 마을의 대조군들은 어떻게 하죠? 실험이 꼬이면서 몇 년 전부터 방치해 놓긴 했지만……."

바빌로프가 물었다.

"실험군이 없어지면 대조군은 그냥 사람이야. 그리고 어차피 귀 잘린 애들은 내 존재를 몰라. 그러니 그쪽은 신경 쓰지 마."

"탈출한 케케는요?"

바빌로프가 다시 물었다. 취해 비틀거리던 베소의 귀가 후작의 입을 향해 꼿꼿하게 섰다.

"하! 정말 기적의 케케야."

후작은 물고기 문양이 그려진 양철 상자를 열어 초콜릿 덩어리를 꺼내 입에 넣고는 우두둑 깨부쉈다. 그는 넓은 책상을 뚫어지게 쳐다보면서 어떤 생각에 골똘히 잠겼다.

"왜 이렇게 써?"

후작은 몇 번 우물거린 초콜릿을 양탄자 바닥에 뱉어 버렸다.

"케케는 어쩔 수 없지. 자! 이제 짐을 말에 싣고, 내가 말한 대로 실행해."

바빌로프가 가방 두 개를 들고, 베소가 책과 서류로 꽉 찬 가죽 행낭을 짊어졌다. 털 코트를 두 겹으로 껴입은 리센코는 허리춤에 쌍발 권총과 장검을 찼다.

*

리센코가 멀리서 나타나자, 경비 대장이 지하로 내려가는 돌문 앞에 차려 자세로 섰다. 한밤중인데 소령은 정복 차림에 모자까지 쓰고 있었다.

"전원 지하에 집합했습니다."

케케의 탈출에 바짝 상기된 소령은 후작의 불호령을 조금이라도 피해 보기 위해 본인이 행할 수 있는 모든 제식을 총동원했다.

"너도 내려가."

후작은 소령을 거들떠보지도 않았다. 소령은 직각으로 방향을 꺾으며 군대식 행군 걸음으로 지하 돌계단을 절도 있게 내려갔다. 후작은 곧바로 육중한 돌문을 밀어 잠그고, 이중으로 된 쇠 빗장까지 단단히 채웠다. 잠시 후, 밑에서 웅성거리는 소리가 들렸지만, "후작님 화 풀리실 때까지 조용히 반성들 하고 있어!"라는 소령의 고함과 함께 곧바로 잠잠해졌다.

바빌로프와 베소가 커다란 등유 통 두 개를 들고 왔다.

"뒷문 철저히 잠갔고, 수도원 구석구석에 뿌려 났습니다."

기름 범벅이 된 바빌로프가 보고했다.

"한 통은 지하실 문틈으로 흘려보내고, 나머지 한 통은 지하실 환풍구마다 빠짐없이 뿌려."

등유가 흘러들어오자 잠잠했던 지하실에서 비명이 터졌다. 돌문을 두드리며 후작에게 선처를 빌었지만, 그들은 후작이 어떤 사람이라는 것을 그 누구보다도 잘 알고 있었다.

"리센코! 이 개 같은 악마 새끼! 천벌을 받아라!"

"내가 네 대대손손 저주를 퍼부어 주마!"

애원이 곧장 저주로 바뀌었다. 후작은 귓등으로도 듣지 않았다. 그리고 파이프 담배에 불을 붙이듯 바닥에 불을 붙였다. 불길은 붉은 양탄자처럼 펼쳐지더니 무섭고 매캐한 연기를 내뿜었다. 후작은 평상시처럼 중정으로 걸어 나왔다. 그리고 어깨가 뻐근한지, 목을 좌우로 몇 번씩 흔들고는 밤하늘을 보았다.

"오늘 오로라가 끝내주게 붉네."

불이 삽시간에 수도원 건물 전체를 휘덮었다. 귀족과 평민과 노예는 연못을 끼고 말을 묶어 놓은 곳으로 향했다. 그곳에 낯선 군인 한 명이 장총을 들고 서 있었다. 붉은 술이 치렁치렁 달린 어깨 장식을 보아 황제의 친위대였고, 혼자인 것으로 보아 정찰병이 확실했다.

"누가 후작이냐?"

키는 크지만 앳된 정찰병은 장총을 셋에게 번갈아 겨누며 소리쳤다.

"이 사람입니다!"

후작이 바빌로프를 손가락으로 가리켰다. 그러자 정찰병의 총부리가 바빌로프에게 고정됐다. 정찰병은 당황했고, 바빌로프는 황당했다. 그 순간을 놓치지 않고 두 발의 총성이 울렸다. 차르에게 충성했던 병사는 가슴이 뚫렸고, 후작에게 충직했던 연구원은 머리가 깨졌다.

"가자! 베소."

두 줄의 연기가 피어오르는 권총을 다시 허리에 차고 후작이 소리쳤다. 베소는 짐 가방을 후작의 말 안장에 걸고 책이 든 가죽 행랑을 어깨에 둘러멨다.

"뎅……."

첨탑으로 검은 연기가 솟구치면서 종이 울렸다. 섬뜩한 울림은 화염을 타고 하늘의 오로라에 닿았다. 지평선에서 붉은 밤을 뒤흔드는 말발굽 소리가 다가오고 있었다. 후작과 베소는 서둘러 말에 올라탔다.

"탕!"

죽어 가던 정찰병이 도망자의 등을 향해 마지막 총알을 날렸다.

230

*

"뎅……."

한밤중에 난데없이 울린 수도원의 종소리에 마을 사람 모두가 일어나 집 밖으로 나왔다. 종소리가 얼마나 컸는지 땅까지 떨고 있었다. 곧 멈출 줄 알았던 땅의 전율은 점점 더 크게 요동쳤다.

동이 트듯 지평선 너머로 횃불들이 일렁였다. 오로라 커튼을 젖히고 붉은 땅거미가 순식간에 밀어닥쳤다. 검은 군복에 화려한 붉은 술을 매단 흰칠한 군인들이 검붉은 말 위에 타고 있었다.

"황제의 친위대다."

장군으로 보이는 자가 도열한 천여 명의 기병 무리 앞에서 소리쳤다.

"리센코와 그의 아이들은 어디 있나?"

늙은 이장이 고개를 숙이고 장군의 말 앞에 섰다.

"리센코 후작은 저쪽 숲속의 언덕 위, 수도원에 있습니다."

"리센코의 아이들은? 수백 명 된다고 하던데?"

"이곳 기숙 학교에서 살던 아이들은 이제 다 커서 어른이 되었고, 다들 결혼해 아이를 낳고 살고 있습니다."

"2중대장!"

말 위의 장군이 뒤를 향해 소리쳤다. 이백 명 정도를 이끄는 듯한 장교가 장군 곁으로 왔다.

"그냥 여기 마을 사람 모두 체포해서 압송해."

"아닙니다! 장군님, 아닙니다!"

이장이 장군의 말 앞에 무릎을 꿇으며 소리쳤다.

"리센코의 아이들은 모두 왼쪽 귓불이 없습니다. 원래부터 여기에 살던 저희는 후작의 사람들이 아닙니다."

"그래? 확실한가?"

"네. 후작의 아이들이 낳은 새끼들은 양쪽 귓불이 모두 없습니다."

"2중대장! 즉각 마을을 포위하고 귓불이 없는 사람들은 줄줄이 묶어서 압송 준비해."

"네! 제2중대 산개! 마을을 포위한다."

이백 필의 말이 빠르게 흩어졌다.

그때 멀리 언덕에서 시뻘건 불이 치솟았다. 그 붉음은 오로라까지 집어삼킬 기세였다.

"척후병이 돌아오지 않았습니다."

다른 중대장이 장군에게 보고했다.

"불을 지르고 도망가려는 모양이군. 자! 1중대, 3중대! 우리는 리센코 후작을 체포한다! 출동!"

어마어마한 눈보라를 일으키며 수백 필의 군마가 수도원을 향해 달려 나갔다. 마을에 남은 기병들은 착검을 하고 모든 집 안을 샅샅이 뒤지기 시작했다. 총성과 비명으로 유쥐나야는 아수라장이 되었고, 군인들은 귓불이 없는 사람들의 머리채를 잡고 광장 가운데에 내팽개쳤다. 부서질 것 같은 그들은 마치 오로라를 얼려서 만든 사람들 같았다.

"감자 먹을래?"

어둠 속에서 불쑥 나타난 손이 말했다. 리자였다. 케케는 고개를 저었다. 그리고 헛간의 부서진 창문을 통해 수도원의 불길을 멍하니 바라보았다. 그 불길은 케케가 지금까지 보았던 그 어떤 불보다 단단했다. 그것은 돌이 타는 오로라였다. 세상천지에서 죽음과 삶, 밤과 빛, 검음과 붉음, 냉기와 온기가 뒤엉켜 싸우고 있었다.

"온 세상이 빨갛다. 하늘도 땅도 사람도."

하늘로 치솟는 불길과 붉은 마녀 리자를 보면서 케케는 리센코 후작이 무슨 짓을 저질렀는지 알 수 있었다. 그때, 몸속에서 간지럼과 통증이 합쳐지더니 작은 못이 되었다. 그 못은 가장 깊숙한 양탄자에 박혔다. 케케가 아랫배를 움켜잡고 주저앉자, 리자가 달려들어 케케의 배를 만졌다.

"차가워. 네 배 안에 쇠가 들어 있어서 그래."

헛간 문이 부서지듯 열리면서 횃불을 든 군인 한 명이 들이닥쳤다. 거침없이 다가온 군인은 케케의 머리채를 거칠게 잡아당겼다. 횃불로 양쪽 귀를 확인한 군인은 케케를 건초 더미에 던져 놓고, 리자의 머리채를 낚아챘다. 잘린 귓불을 확인한 군인은 그대로 리자를 질질 끌고 나갔다. 마력을 잃은 마녀는 케케에게 부드럽고 신비로운 미소를 보냈다. 스물한 살 리자의 마지막 모습은 5년 전 리자의 마지막과 다르지 않았다.

"뎅……."
수도원의 첨탑이 무너지면서 마지막 종이 울렸다.
케케는 두 손을 모아 베소를 위해 기도했다.

* *

노파는 성모 이콘을 향해 고개를 숙였다.
"한 명의 죽음은 비극이지만, 수백 명의 죽음은 그냥 통계죠."
사내가 말했다.
"무슨 말인지 모르겠다만, 내 앞에서 그 악마 편을 들지 말아라!"
노파가 성호를 긋고 아들을 다그쳤다.
"제가 신문에 내서 모두에게 알릴 겁니다. 50년 전 홀로드나야에서 벌어진 미친 귀족의 만행에 대해서."
"어떻게? 홀로드나야에서 죽은 모두는 숫자로도 기록되지 못했어."

"제가 아까부터 꼼꼼히 다 적어 놨어요. 자료는 이 정도로 충분해요."

"아서라. 유배까지 가는 마당에 또 황제 눈 밖에 나지 말고."

"이제 마무리를 지으세요. 곧 날이 밝아요."

아주 느리게 동이 트고 있었다.

가장 먼 곳으로

동틀 무렵. 엄청난 한기를 느끼면서 케케는 다시 눈을 떴다. 폭삭 무너진 수도원에서 검은 연기가 아지랑이처럼 오르고 있었다. 횃불이 없어서 광장으로 끌려 나왔던 사람들은 신기루처럼 사라졌다. 그 자리에는 수도원으로 출격했던 군인들이 얼굴과 제복 모두 숯 검댕이 된 채로 쉬고 있었다. 마을 사람들이 간단한 먹거리와 술을 광장의 군인들에게 나눠 주고 있었다.

"모두가 지쳤으니 일단 여기서 쉰다. 내일 3중대는 붕괴한 수도원 지하에서 생존자를 찾아보고, 1중대는 조금 있다가 사방으로 흩어져서 도주의 흔적을 찾는다. 오후에 2중대가 대조군들 압송을 마치고 돌아오면 바로 1중대와 임무 교대한다."

장군의 목소리였다.

케케는 어디로 가야 할지 알 수 없었다. 세상에서 아는 곳은 단 한 군데뿐이었다. 케케는 그곳으로 돌아가기로 했다. 어두운 지하실이건, 차디찬 연못 바닥이건 베소의 냄새가 조금이라도 남아 있는 곳에서 이 모든 걸 끝내고 싶었다.

'그곳에서 모두가 사라질 것이다. 후작도, 베소도 그리고 나도.'

237

케케는 헛간을 몰래 빠져나와 마을과 숲이 이어지는 길로 들어섰다. 지나가던 군인 두 명과 정면으로 마주쳤다. 한 명이 케케의 얇고 허름한 복장을 의심했지만, 다른 한 명이 귀를 확인하고는 마을의 미친 여자 같다며 그대로 보내 주었다. 마차가 다닐 수 있는 큰길에는 병사들이 보초를 서고 있었기 때문에 숲으로 들어가 홀로드나야로 향했다. 그렇게 길도 없는 숲을 헤매고 헤매다 겨우서 홀로드나야 근처에 도착하니 아침이 밝아 왔다. 숨어서 본 홀로드나야에는 군인들이 진을 치고 있었고, 수도원으로 이어지는 언덕길은 아예 목책으로 막혀 있었다. 케케는 다시 숲으로 들어가 미로처럼 얽힌 나뭇가지와 넝쿨을 헤치며 수도원 쪽으로 향했다.

아침 해가 점점 높이 떠오르고 햇빛이 나무들과 설원을 노랗게 쓰다듬었다. 케케는 점점 길을 잃고 있음을 직감했다. 동서남북을 전혀 파악할 수 없었지만, 여기가 어디인지는 희미하게 알 수 있었다. 시간이 우회하더니, 지금껏 보이지 않던 꽃들이 수줍게 모습을 드러냈다. 설화와 붓꽃. 꽃들 사이로 희미한 가죽 냄새가 올라왔다. 커다란 눈망울에서 진액 같은 눈물이 후두두 떨어졌다. 이대로라면, 길 잃은 아이를 구하려 누군가가 나타날 것이다. 그러자 한 손에 피 묻은 흰 꾸러미를 든 커다란 나무가 성큼성큼 다가왔다.

"또 길을 잃었구나?"

베소였다.

"다행이네요! 다행이에요!"

케케는 베소의 품에 힘껏 안겼다. 둘은 서로의 얼굴을 정신없이 더듬다가 입을 맞췄다. 햇빛 아래서의 첫 키스였다. 햇살을 받은 입술은 무척 따뜻했다.

"업혀. 여기 있으면 안 돼."

베소의 등에 업히자 부조리했던 시간들이 본디의 흐름을 되찾았다. 베소는 더 깊은 숲속으로 빠르게 걸었다.

"그런데 이제 어디로 가지?"

베소가 신부에게 목적지를 물었다.

“이번에는 바보처럼 돌아가지 말아요. 아무도 우리를 모르는 곳으로 가요.”

“그게 어디?”

“여기서 가장 먼 곳으로.”

1913년, 러시아 제국 변방의 아침

"결국 나와 베소만 살아남았어. 그리고 그해 12월, 이곳에 도착해서 너를 낳았다."

노파는 이야기를 마치고 후련하다는 듯이 긴 숨을 내뱉었다.

"리센코 후작은요?"

사내의 노트에는 불타는 수도원과 오로라 그리고 기병들이 그려져 있었다.

"베소가 그 악마의 마지막을 본 사람이야."

"죽었어요?"

"아니. 수도원에 불을 지르고 막 도망치려는 순간, 죽어가던 정찰병이 쏜 총알이 베소의 왼팔에 살짝 스치고 타고 있던 말의 머리에 정통으로 맞았대. 말과 베소는 그대로 고꾸라졌고 후작은 어떻게 해서든지 베소를 데리고 가려고 했지만, 난생처음 마신 술에 취한 베소가 인사불

성이었고 친위대가 코앞까지 닥친 상황이라 결국 베소를 버리고 혼자 도망쳤대."

"아무런 말도 없이?"

"후작이 베소에게 이상한 말을 남겼대. 그런데 만취한 베소가 정확히 들은 건지는 분명하지 않아."

"뭔데요?"

"후작이 '베소! 케케를 찾아! 기적의 케케는 모든 걸 뒤집을 수 있어'라고 했대. 그리고 베소에게 군인들이 들이닥치면 '리센코는 지하실에서 같이 타 죽었다'라고 말하라고 했대."

사내는 노트에 '리센코 생존, 바빌로프 사망'이라고 쓰고는 펜을 놓았다.

"말 위에 올라탄 후작은 베소에게 행낭의 책을 잘 간직하라는 말을 남겼고……."

노파는 사내가 테이블 위에 올려놓은 낡은 책을 어루만졌다. 다윈의 《종의 기원》 그리고 라마르크의 《동물 철학》이었다. 사내는 병에 남은 마지막 보드카를 들이켰다.

"이제 동이 트려나 보다. 내 이야기는 여기까지다."

둘은 한동안 아무 말도 하지 않았다.

"도망친 리센코 후작의 소식을 들은 건 있어요?"

사내가 먼저 침묵을 깼다.

"우크라이나의 외진 곳으로 도망갔다는 풍문만 얼핏 들었어. 그 악마는 어딘가에 숨어서 그 빌어먹을 획득 형질인지, 한랭 내성인지를 실험하고 있을 거야."

"술 더 있어요?"

사내가 빈 보드카 병을 거꾸로 들고 잔 위에 털었다.

"술 좀 그만 마셔라. 네 아버지처럼 되고 싶니?"

"그런데 리센코 후작에게 아이가 있었나요?"

"몰라. 이제 그만하자. 곧 먼 길 떠나야 하니 눈이라도 좀 붙여라."

케케가 단칼에 말을 끊었다.

창문 사이로 햇살이 들어왔다.

천천히 일어난 케케가 창문을 열자 검은 양복을 입은 낯선 남자가 코앞에 서 있었다. 너무 놀란 나머지 케케는 비명마저 잊고 뒷걸음질 치다 주저앉았다. 정체가 들통난 검은 양복의 신사가 신호를 보내자, 나무 문이 부서지듯 열렸다. 권총을 든 세 명의 검은 신사가 들이닥쳤다.

"이오시프 비사리오노비치 주가시빌리! 제국 경찰이다."

날랜 사내는 아들의 방으로 몸을 숨긴 후 창문을 열어젖혔다.

"할머니!"

앳된 꼬마의 목소리가 사내의 귀에 꽂혔다.

"아이고! 야샤!"

노파의 외침이 사내의 발목을 잡았다.

"야! 허튼짓하지 마!"

방으로 뛰어 들어온 세 명의 신사가 사내의 등을 겨눴다. 검은 양복을 입은 또 다른 신사가 문으로 들어섰다. 한 손에 권총을 쥔 신사는 다른 손으로 여섯 살배기 꼬마의 목덜미를 쥐고 있었다.

"이오시프 비사리오노비치 주가시빌리! 황제 니콜라이 2세의 명으로 너를 긴급 체포한다."

덤덤하게 창문을 닫은 사내는 양손을 들고 천천히 방에서 나왔다.

"알고 있다. 지금 막 투루한스크로 유형을 떠나려는 참이었다."

신사 한 명이 포승줄을 들고 사내에게 다가왔다.

"도망가지 않는다. 어머니와 아들 앞이다."

사내는 오히려 검은 경찰들에게 당당하게 소리쳤다. 그는 들었던 손을 내리고 콧수염으로 케케와 야샤를 가리켰다. 다가오던 신사는 사내의 몸을 위에서부터 더듬어 내려갔다. 무기가 없음을 확인한 신사가 동료들에게 눈빛을 보내자, 그들은 권총을 내렸다.

"야샤, 많이 컸구나. 이리 와 보렴."

사내가 아들을 향해 손을 내밀었지만, 한층 더 겁에 질린 아이는 검은 신사의 양복 다리 뒤로 몸을 숨겼다. 사내는 아들과의 어색한 재회를 바로 접고, 무척 여유롭게 의자에 앉았다.

"황제의 비밀경찰 나리들, 날도 추우니 따듯한 차라도 들지."

잔인하기로 소문난 살인마의 온화한 태도가 미심쩍었는지 총구 하나가 다시 올라갔다.

"자네는 신입인가 보군. 총을 들던, 차를 들던 자네 편한 대로 하게."

사내가 바짝 긴장한 채로 총을 겨누고 있는 젊은 신사를 비웃었다.

"어머니, 여기 차 좀 내주세요."

겁에 질린 케케는 천천히 일어나 부엌으로 갔다. 야샤는 잽싸게 달려가 할머니 다리에 달라붙었다. 케케는 놀란 손자를 따듯하게 품었다.

"그래. 춥고 먼 길 갈 텐데 먼저 몸 좀 녹이지."

우두머리로 보이는 중년 신사가 사내의 침착함에 쪼그라든 심장을 숨기려 테이블에 마주 앉았다.

케케는 다섯 잔의 차를 테이블 위에 놓았다. 중년 신사와 사내만 차를 들었다.

"나리, 시베리아로 유배를 떠나기 전에 속옷이라도 갈아입게 해 주십시오. 죄인 아들을 둔 못난 어미의 간절한 부탁입니다."

케케가 머리를 조아리며 중년 신사에게 읊조렸다.

"그래. 허락한다. 대신 이 자리에서 갈아입혀."

"감사합니다, 나리."

케케는 세 번이나 허리를 숙여 인사하고 방에서 털 양말과 두꺼운 코트를 가져왔다. 우두머리 중년 신사와 사내는 마주 본 채로 말없이 차를 마셨다. 케케는 테이블 밑에 쪼그려 앉아 아들의 신발을 벗겼다. 오랜 도망 생활로 해진 왼쪽 양말에는 구멍이 뚫려 있었다. 그 구멍으로 태어날 때부터 붙어 있었던 두 번째와 세 번째 발가락이 삐쳐 나와 있었다. 케케는 터져 나오는 울음을 삼키며 발가락에 입을 맞췄다. 사내는 조용히 손을 내려 훌쩍이는 노파의 머리를 쓰다듬었다.

"어머니의 기적은 저예요. 제가 세상을 뒤집어엎을 거예요."

*

"일어나! 이제 그만 가지!"

차를 다 마신 중년 신사가 명령했다.

"이봐! 혹시라도 또 탈출하면 아들과 어미의 목숨은 없는 거야."

사내는 대답도 고갯짓도 없었다. 케케가 야샤에게 가까이 오라고 손짓했다. 잔뜩 겁을 먹은 야샤는 사내 앞에 섰다. 사내는 아들을 빤히 내려다보더니 불편한 왼손으로 아이의 머리를 쓰다듬었다.

"야샤, 잘 들어라. 무슨 일이 있어도 적에게 포로로 붙잡히면 안 된다. 아버지로서 널 구해 주는 건 이번이 마지막이야."

사내는 아들의 머리 뒤를 연하게 비추는 붉은 후광을 보았다.

"자! 이오시프 비사리오노비치 일어나!"

246

사내는 자루 가방에 노트를 넣고, 밤새 테이블 위에 놓여 있었던 두 권의 책 중 라마르크의 《동물 철학》을 쑤셔 넣었다.

"이건?"

케케가 《종의 기원》을 들고 물었지만 사내는 고개를 저었다. 그녀는 두꺼운 새 외투를 아들의 해진 외투 위에 덧입혀 주었다.

"너는 추위를 견디지 못해. 내가 안다."

울음을 멈춘 어미가 아들의 옷깃을 여미며 말했다.

"걱정하지 마세요. 저는 강철이에요. 그 어떠한 추위도,

역경도 나를 이길 수 없어요."

네 명의 신사가 왜소한 사내를 사방으로 에워싸고 문을 열었다. 왼쪽 다리를 절뚝거리며 밖으로 나가던 사내가 멈칫하더니 자루 가방 안을 뒤져 신문을 꺼냈다.

"프라우다. 제가 편집장으로 있는 신문이에요."

사내가 신문을 펼쳐 케케에게 건넸다.

"그리고 '그분'이 저에게 새 이름을 주셨어요."

글썽이는 눈물 때문에 케케는 신문의 작은 글씨를 읽을 수 없었다. 그러자 사내는 손가락으로 자신이 쓴 글의 맨 아래쪽을 짚었다.

"스탈린. 이오시프 스탈린. 강철의 사나이라는 뜻입니다."

에필로그

"너는 사제가 되어야 했어"

스탈린으로 개명한 사내는 유배지인 시베리아의 투루한스크에 도착했다.

영하 50도의 혹한에서 몇 번의 죽을 고비를 넘긴 사내는 그곳의 정착민인 페레프리긴 일가의 오두막에 겨우 거처를 구한다. 그 오두막에는 일곱 명의 고아가 있었는데, 서른다섯 살의 유형수인 사내는 열네 살의 고아 리디야를 임신시킨다. 첫아이는 태어나자마자 죽었고, 두 번째 아이 알렉산드르는 살아남았다. 잔인한 사내는 벽촌의 고아 소녀 리디야를 아내로 생각하지 않았고, 아들 역시 버려두었다. 스탈린에게 4년의 유형 기간, 혹한의 투루한스크 그리고 리디야와 알렉산드르는 없었던 시간, 장소, 사람들이었다. 리디야와 알렉산드르 모자는 도망치듯 시베리아를 떠난 사내를 평생 찾지 않았다.

　1917년, 사내는 유배 생활을 끝내고 볼셰비키의 본거지인 상트 페테르부르크로 돌아온다. 그리고 스탈린이라는 새 이름을 주신 '그분'—블라디미르 레닌—과 함께 차르의 로마노프 제국을 뒤집어엎고, 1922년에 '소비에트 사회주의 공화국 연방(소련)'을 세운다.

　레닌은 죽기 직전에 너무 흉포한 스탈린을 당에서 제거하라는 유서를 남겼다. 하지만 강철 같은 사내는 정적을 모조리 제거하고 소련의 최고 지도자가 되었다. 피비린내 나는 왕관을 쓴 사내는 철권통치를 위해 인류 역사상 가장 끔찍한 학살극을 저질렀다. 이른바 '대숙청' 기간이라 일컬어지는 1936부터 1938년까지 3년 동안 독재자 스탈린은 약 100만 명을 처형했다. 소련은 위대한 공산주의 체제 수호를 위해 반동분자를 청소한 것이라 이야기했지만, 막후에는 공포와 처형을 통해 인민을 개조하려는 의도도 담겨 있었다.

*

　1930년 초, 스탈린의 실정으로 소련 최대의 곡물 생산지인 우크라이나에서 대기근이 발생했다. 우크라이나어로 아사餓死라는 뜻인 '홀로도모르「голодомор」로 수백만 명이 굶어 죽었다. 열정적인 원예가이기도 했던 스탈린은 소련의 고질적인 식량난을 해결하기 위해 농작물 재배에 직접 관여했다.

스탈린은 뛰어난 유전학자이자 레닌 농업 아카데미 원장이었던 니콜라이 바빌로프(1887~1943) 박사에게 피폐해진 소련의 농업을 신속하게 회복시킬 방법을 독촉했다. 20세기 최고의 식량 학자이기도 한 바빌로프 박사는 부르주아 출신으로 유럽에서 최신 유전학을 공부하고 돌아온 유능한 유전학자였다. 그는 학자의 소신으로 공산당과 소련 유전학계가 경도되어 있는 '라마르크주의 Ramarckism' 즉, '획득 형질의 유전'은 철 지난 사이비 과학이라며 일축했다.

250

이때, 변방 출신인 '맨발의 소작농 과학자' 트로핌 리센코(1898~1976)가 서기장의 요구에 부응했다. 프롤레타리아 출신인 리센코는 열렬한 마르크스주의자이자 맹목적인 라마르크주의자였다. 그는 획득 형질 유전을 이용해 러시아의 강추위를 견뎌 내는 밀을 단기간 내에 개발하겠다고 장담했다. 스탈린은 전당 대회에서 리센코를 공개적으로 비호했다. 과학적 업적보다는 정치적 야망이 컸던 리센코는 곧장 소련 유전학의 영웅으로 부각한다.

당시 서방에서는 획득 형질의 유전을 전면 부정하는 '신다윈주의Neo-Darwinism'가 유전학계 정설로 굳어지고 있었다. 리센코는 서쪽에서 거세게 몰려오는 진리의 물결에 정치적으로 대응했다. 그는 바빌로프와 서구의 신다윈주의가 실험실에서나 벌어지는 이론일 뿐, 인민의 굶주림에는 전혀 쓸모가 없다고 격하했다. 덧붙여, 신다윈주의는 다분히 자본주의적이고, 부르주아의 사치스러운 지적 유희에 불과하다고 신랄하게 비판했다.

리센코에게 과학은 이데올로기였다. 1930년대 중후반, 그는 라마르크주의 유전학에 마르크스—레닌주의를 이식했고, 이에 감복한 스탈린은 레닌 아카데미 유전학 연구소장에 리센코를 앉힌다. 소련 과학계의 독재자가 된 리센코는 스탈린처럼 자신의 이데올로기에 반하는 정적을 제거하기 시작했다. 1940년, 비밀경찰은 바빌로프 박사에게 '인민의 적', '마르크스주의를 거부하는 반동분자', '소련의 농업을 망치기 위해 서방에서 심어 놓은 스파이'라는 죄목을 씌워 체포한다.

*

1936년, 스탈린은 한 통의 편지를 받는다. 초파리 연구로 후에 노벨상을 받게 되는 저명한 유전학자인 허먼 멀

러(1890~1967)였다. 그는 미국인이었지만 열렬한 마르크스
주의자였고, 유전학으로 인종을 개량할 수 있다고 확신
한 우생학자였다.

멀러는 5만 명 중 한 명꼴로 나타나는 천재의 정자를
가임 여성의 자궁에 인공 수정시켜서 '우월한 소비에트
인종'을 만들자고 제안했다. 그가 편지에 언급한 천재는
다름 아닌 '블라디미르 레닌'과 '찰스 다윈'이었다. 멀러는
스탈린에게 20년의 기한을 제안했다. 그는 20년 뒤 소련
은 수만 명의 젊은 레닌과 수만 명의 젊은 다윈을 보유한
이상적인 사회주의 국가가 될 거라고 확신했다. 소련을
사랑했던 야심 찬 과학자는 마르크스의 명언 '철학자들
은 지금껏 세상을 해석하는 데만 급급했다. 하지만 중요
한 것은 세상을 바꾸는 일이다'를 인용하면서 스탈린의
결정을 촉구했다.

*

스탈린의 전폭적인 지지로 권력을 잡은 리센코는 라마
르크의 '획득 형질 유전'에 자신의 이론을 접합한 '입자
중심 유전'을 주장했다. 입자 중심 유전이란 온도, 영양분
등의 '외부 조건'이 유기체의 '내부 입자'가 되어 후세로
유전된다는 이론이었다. 리센코는 이 이론을 밀에 적용한

'춘화 처리vernalization'로 소련 전체의 농업 정책을 주관했다. 춘화 처리란 밀 종자를 미리 강추위에 노출하면 러시아의 냉대 기후를 이겨 내는 종자를 만들 수 있다는 이론이었다. 그는 추위에 살아남은 밀이 획득한 한랭 내성 형질이 그 자손 대까지 유전된다고 확신했다.

리센코의 이론에 열광적인 호응을 보인 곳은 소련 과학계가 아니라 공산당이었다. 많은 사람이 리센코의 이론을 인간에도 적용할 수 있다고 믿었다. 획득 형질이 유전된다면 공산주의 교육을 철저하게 받은 부부의 자손은 공산주의자로 태어난다는 뜻이었다. 그리고 이 과정을 광범위하게 반복하면 '선천적 공산주의자', '우월하고 새로운 소비에트 인종'을 만들 수 있다고 확신했다.

*

약 10년 후 리센코의 춘화 처리 실험은 실패로 끝났다. '한랭 내성'이라는 획득 형질을 물려받았을 리센코의 밀은 냉해를 견디지 못했다. 그리고 1947년, 소련은 또다시 대기근을 겪어야만 했다. 수백만 명이 굶어 죽었고, 인민들은 살기 위해서 아사한 자식의 인육을 뜯어 먹었다. 이후 소련의 농업은 50년간 회복 불능 상태에 빠졌고, 인민들은 유럽과 미국에서 수입한 곡류로 간신히 굶주림을 버텨 냈다.

독창적이지 않았던 춘화 처리는 효과적이지도 못했다. 비난을 피하려고 발표한 수확량 통계는 모두 조작되었고, 리센코가 획득 형질이라고 주장했던 '입자'는 그 누구도 증명할 수 없었다. 권력에 눈이 먼 사기꾼 리센코의 무지와 독단으로 올곧은 과학자들이 숙청됐고, 소련의 유전학은 나락으로 떨어졌다. 무엇보다도 과학과 정치를 분리하지 못한 스탈린과 리센코 때문에 수많은 인민이 아사했다.

*

의심이 많았던 스탈린은 바빌로프와 리센코를 고위직에 임명하기 전에 비밀경찰로부터 두 과학자의 출신 성분과 개인 정보를 보고 받았을 것이다. 보고서의 내용이 무엇이었는지, 그리고 그 내용이 결정에 어떤 영향을 주었는지는 사내만이 알 것이다.

1930년대에 스탈린은 크렘린 궁의 집무실에서 리센코, 바빌로프와 각각 독대한 적이 있다. 독재자와 두 과학자가 소련의 농업 정책과 유전학에 관해 어떤 이야기를 나눴는지는 알 수 없다. 다만, 1939년 스탈린과의 독대를 마치고 나온 바빌로프 박사가 동료 과학자에게 푸념 섞인 투로 한 말이 전해진다.

"스탈린은 나를 싫어하고 리센코만을 지지하고 있소. 우리 유전학자들은 지금 리센코의 엉터리 이론과 싸우고 있는 것이 아니라 스탈린과 싸우고 있는 것이오!"

다음 해, 바빌로프 박사는 반혁명 행위, 파괴 공작, 스파이 혐의로 비밀경찰에 체포된다. 그리고 스탈린은 투옥된 바빌로프를 굶겨 죽였다.

*

장남 야샤는 사내의 강철 알갱이를 물려받지 못했다.

사내는 아들의 얼굴에서 사랑했던 아내 카토의 얼굴과 죽음의 후광을 보았다. 그래서인지 자신을 닮은 구석이라곤 전혀 없는 장남을 멀리했다.

소련군 포병 장교였던 야샤는 2차 세계대전 중 나치 독일군의 포로로 잡혔다. 대원수 스탈린은 아들을 구하기 위한 그 어떠한 조치도 취하지 않았고, 야샤는 포로수용소에서 수차례 탈출을 감행하다 결국 총살당했다.

*

　리센코의 춘화 처리 실험이 한창이던 1936년, 50대 후반이 된 사내는 약 100만 명의 목숨을 앗아 갈 대숙청을 준비하고 있었다. 사내는 마지막으로 어머니가 있는 고향을 찾았다. 그루지야는 이제 러시아 제국의 변방이 아닌 소비에트 사회주의 공화국 연방의 변방이었다.

　여든을 바라보는 케케는 건강이 매우 좋지 않았다. 사내가 경호원과 함께 방에 들어섰을 때, 침대 위의 케케는 창가에 놓인 성모 이콘을 향해 성호를 그리고 있었다.

　"어머니, 얼른 회복해야죠."

　사내는 모스크바에서 가져온 옷과 약을 테이블에 올려놓았다. 케케는 냉혹한 아들의 얼굴을 보며 울먹였다. 그 얼굴에 표정이라곤 없었다.

256

　"이제 기운이 하나도 없다."

　창가의 붉은 노을이 사내의 어머니를 기적처럼 에워싸고 있었다.

　"무슨 소리예요? 우리 일족은 튼튼하다고요!"

　사내가 침대맡으로 가 어머니의 손을 잡았다. 케케는 사내를 말없이 바라보았다. 콧수염으로도 가릴 수 없는 마맛자국, 두 발가락이 붙은 채 태어나 절룩이는 왼쪽 다리, 마차 사고로 짧아진 왼팔. 신학교를 중퇴하고 온갖 악행을 저질렀던 인간 백정. 세상을 뒤엎는 데 혈안이 되었던 아들은 결국 붉은 차르가 되어 있었다.

"너는 사제가 되어야 했어."

어머니의 말에 강철의 대원수 스탈린은 크게 웃었다.

이듬해인 1937년, 예카테리나 '케케' 겔라제 주가시빌리는 그루지야에서 79세의 나이로 영면했다.

대숙청이 극에 달해 있던 때라 스탈린은 신변상의 문제로 모스크바를 떠날 수 없었다. 대신 장례식장에 근조화환과 함께 글을 보냈다.

'사랑하고 존경하는 나의 어머니께—아들 이오시프 주가시빌리가'

기적의 케케는 성산의 언덕을 올라 그곳 교회 묘지에 묻혔다.

그녀는 눈을 감는 순간까지 스탈린의 친부에 대해 말하지 않았다.

*

1953년 3월 1일 새벽.

사내는 갑작스러운 뇌출혈로 차가운 부엌 마룻바닥에 쓰러졌다. 아무도 접근할 수 없는 비밀 별장의 안채였기에, 스탈린은 오랜 시간 홀로 방치되었다. 그날 늦은 밤이 돼서야 경비원이 쓰러져 있는 독재자를 발견했다. 스탈린은 오줌을 지린 채, 움직이지도 말하지도 못했다.

나흘 뒤인 1953년 3월 5일.
'기적의 케케'의 외아들이자, 강철의 대원수 이오시프 스탈린이 죽었다.

작품에 인용된 문장의 출처

☞ 47쪽

"이 책이 너무 좋아서 읽기를 멈출 수가 없다."

: 신학교 시절 스탈린이 찰스 다윈의 《종의 기원》을 읽으며 한 말.
《젊은 스탈린》(사이먼 시백 몬티피오리 지음, 김병화 옮김, 시공사,
2015) 118쪽.

☞ 110쪽

"표를 던지는 사람은 아무것도 결정하지 못한다. 표를 세는 사람
이 모든 것을 결정한다."

: 〈스탈린의 비서 바자노프(B. Bazhanov)의 회고록〉에서.

☞ 134쪽

"가장 믿을 수 있는 사람이 가장 먼저 의심받아야 할 사람이다."

: 1936년, 대숙청 초기에 스탈린이 내세운 기조.

☞ 137쪽

"감사하는 마음은 개나 앓는 질병이다."

: 〈스탈린의 비서 바자노프(B. Bazhanov)의 회고록〉에서.

☞ 172쪽

"신문 인쇄는 우리 당의 가장 날카롭고 강한 무기다."

: 출처는 불분명하지만 스탈린이 〈프라우다〉의 편집장을 맡았을
때 했던 말로 전해지고 있다.

☞ 172쪽

"현명한 자는 보는 걸 믿고 겁쟁이는 믿는 걸 본다."

: 출처는 불분명하지만 스탈린이 했던 말로 전해지고 있다.

☞ 184쪽

"공포는 사람을 겸손하게 만들지요."

: 1943년, 2차 세계대전 중 열린 카이로 회담에서 영국의 총리 윈
스턴 처칠이 "당신의 부하들과 소련군은 어떻게 당신에게 그리도
고분고분할 수 있나?"라고 묻자 스탈린이 한 말.

☞ 193쪽

**"이 사람이 돌 같은 내 심장을 녹여 주었는데, 그녀가 죽었으니
인간에 대한 내 마지막 따뜻한 감정도 죽었어."**

: 1907년, 스탈린이 죽은 아내 카토가 누워 있는 관을 보면서 친
구인 이레마시빌리에게 한 말.《젊은 스탈린》(사이먼 시백 몬티피오
리 지음, 김병화 옮김, 시공사, 2015) 369쪽.

☞ 226쪽

"죽음은 모든 문제를 해결한다. 아무도 없으면 문제도 없다."

: 대숙청 시기에 스탈린이 한 말로 알려져 있다. 스탈린이 집권할
당시 소련 생활상을 서사적으로 묘사한 소설《아르바뜨의 아이
들》(아나똘리 리바꼬프 지음, 홍지웅 외 옮김, 열린책들, 1991)에 나왔
는데, 훗날 작가는 이 말에 정확한 출처가 없다고 시인했다. 그럼

에도 이 말은 스탈린이 행한 무자비한 반대판 제거의 '사상적 근
거'로 자주 인용되고 있다.

☞ 234쪽

**"한 사람의 죽음은 비극이지만 백만 명의 죽음은 통계 수치일 뿐
이다."**

: 1922년, 소련 최고 위원회에서 우크라이나 대기근에 대해 스탈
린이 한 말로 알려져 있다.

☞ 256쪽

"무슨 소리여요? 우리 일족은 튼튼하다고요!"

: 1936년, 스탈린이 그루지야에 방문해 어머니인 케케를 마지막
으로 만난 날에 한 말.

☞ 257쪽

사랑하고 존경하는 나의 어머니께―아들 이오시프 주가시빌리가

: 스탈린이 어머니 케케의 장례식장에 보낸 근조 화환의 문구.《스
탈린 : 독재자의 새로운 얼굴》(올레그 V. 흘레브뉴크 지음, 유나영 옮
김, 류한수 감수, 삼인, 2017) 44쪽.

1829년 동물학자이자 진화론자인 라마르크 사망. 그는 환경에 따라 필요한 부분은 발달, 불필요한 부분은 퇴화되어 유전된다는 '용불용설用不用說'을 내세우면서 그렇게 획득한 형질은 이후 세대에 물려줄 수 있다는 '획득 형질 유전'을 주장.

1848년 칼 마르크스 《공산당 선언》 출간.

1859년 찰스 다윈 《종의 기원》 출간.

1865년 그레고어 멘델 〈식물 잡종에 관한 실험〉을 발표하며 멘델 법칙을 정립.

1869년 프랜시스 골턴 《유전적 천재》 출간. '인류의 발전을 위해 열성 인간의 임신과 출산을 막고, 우성 인간의 출생률을 증가시켜야 한다'는 우생학을 주장.

1870년 레닌 출생.

1875년 프랜시스 골턴 《쌍둥이의 역사》 출간.

1879년 혁명주의자 알렉산더 솔로비예프가 황제 알렉산드르 2세를 권총으로 암살 시도했으나 미수에 그침.

1879년 이오시프 비사리오노비치 주가시빌리(스탈린의 본명) 출생(실제 출생은 약 1년 전).

아버지 비사리온 '베소' 주가시빌리는 재화공이었고 어머니 예카테리나 '케케' 겔라제는 재봉일을 함. 둘 사이에 두 아들(미하일, 기오르기)이 있었으나, 둘 다 생후 6개월을 넘기지 못하고 죽음. 셋째 아이 이오시프는 날 때부터 왼쪽 두 번째와 세 번째 발가락이 붙어 있었고, 무척 허약했음.

1883년   마르크스 사망.

이오시프의 친부가 마을의 사제라는 소문이 돌았고 추문에 휘둘린 아버지 베소는 알코올 중독이 됨. 그는 아내와 아들에게 폭력을 휘둘렀으며, 이오시프는 어머니를 구하기 위해 아버지를 식칼로 위협했다고 함.

1884년   이오시프의 고향, 그루지야 고리에서 천연두가 심하게 유행하면서 그는 죽음 직전까지 갔다가 겨우 살아남. 이때 얼굴에 심한 마맛자국이 생겼고, '초푸라(곰보)'라는 별명을 얻음.

1887년   니콜라이 바빌로프 모스크바에서 출생. 훗날 세계적으로 유명한 농학자이자 유전학자가 됨.

1888년   이오시프 고리 교회 학교 입학.

1889년   아우구스트 바이스만이 22대에 걸친 '쥐 꼬리 자르기' 실험을 완료하고 라마르크의 '획득 형질 유전'을 전면 부정함.

1890년   이오시프, 마차 사고로 왼팔을 크게 다침. 후유증으로 왼팔의 성장이 멈추는 바람에 왼팔이 오른팔보다 짧은 영구 장애가 생김.

1894년   이오시프, 고리 교회 학교 졸업하고 트리빌시 신학교에 입학.

1895년   이오시프, 신학교에서 엄격하게 금지한 마르크스와 레닌의 서적, 도스토옙스키 《악령》, 카즈베기 《부친 살해자》 그리고 다윈의 《종의 기원》을 탐독하고 '나는 무신론자다'라 선언.

1898년 트로핌 리센코 우크라이나에서 출생. 훗날 라마르크의 '획득 형질 유전'을 계승해 소련 농업의 수장이 됨.

1899년 이오시프, 신학교를 자퇴하고 은밀하게 지하 혁명 활동 시작.

1900년 이오시프, 직업 혁명가가 되어 선동적인 글을 쓰고 노동 자 파업을 주도하며 각종 테러를 저지름.

1902년 이오시프는 자신을 '정통 볼셰비키'라고 칭함. 반역 혐의 로 체포(이후 여섯 번의 유배형을 더 받았으나 대부분 탈출).

1905년 1월, 상트페테르부르크 궁전 앞에서 평화적으로 시위하 던 파업 노동자들을 황제의 군대가 무차별 학살한 '피의 일요일' 발발.

우생학을 지지하는 '독일 인종 협회'에 아우구스트 바이 스만이 창립 회원으로 가입.

이오시프, 혁명 무장 집단의 리더가 되어 갖은 폭동, 파 업, 테러, 방화, 강도, 암살을 일삼음. 그루지야 대표 자 격으로 볼셰비키 당대회에 참석하고 레닌을 처음 만남.

1906년 이오시프는 카토 스바니제와 결혼. 온화하고 순종적인 카토를 무척 사랑함.

1907년 3월, 장남 야코프(야샤) 탄생.

6월, 레닌과 모의 후 고향 그루지야에서 현금 수송 마차 를 털기 위해 광장에서 폭탄 테러 자행.

11월, 아내 카토가 출산 후유증과 티푸스로 사망.

이후 몇 년 동안 '그루지야의 레닌'으로 불리며 테러, 수배, 체포, 유배형, 유형지 탈출을 수차례 반복.

1909년 이오시프의 아버지 베소 사망.

1912년 잡지 〈프라우다〉 창간하고 편집장이 됨. 레닌이 하사한 '스탈린'이라는 이름을 쓰기 시작.

1913년 스탈린, 비밀경찰에게 체포. 시베리아 투루한스크로 4년 유배형을 받음.

1914년 1차 세계대전 발발.

스탈린, 유형지에서 14세 고아 소녀 리디야와 동침.

1915년 미국 생물학자 토머스 헌트 모건이 초파리 실험으로 염색체의 유전 기전을 발견하면서 다윈과 멘델의 고전 유전학을 과학적으로 입증. 이로써 라마르크의 획득 형질 유전은 학계에서 점점 힘을 잃음.

1917년 '2월 혁명' 발발. 로마노프 왕조 붕괴되고, 10월 공산주의 대혁명으로 볼셰비키가 소비에트 장악.

유형지에서 나온 스탈린은 레닌을 도와 대혁명에 성공한 후 혁명 정부의 '민족 문화 인민 위원'에 오름.

1918년 1차 세계대전 종전. 황제 니콜라이 2세와 일족이 처형당하며 조지아 민주공화국으로 독립.

1919년 스탈린, 나데즈다 알룰리예바와 재혼.

1921년 붉은 군대가 조지아 민주공화국으로 침입해 결국 소련으로 병합.

다음 해까지 가뭄과 전염병으로 인한 대기근으로 약 500만 명 사망.

1922년 소비에트 사회주의 공화국 연방(소련) 건국.

토머스 헌트 모건의 제자인 허먼 멀러가 소련을 방문. '우월한 공산주의 인류'의 씨앗을 소련에 뿌릴 수 있다고 주장.

1924년 오스트리아의 생물학자 폴 캄머러가 〈획득 형질의 유전〉 발표. 뉴욕타임스는 캄머러를 '20세기의 다윈'으로 칭송.

레닌 사망. 레닌의 유서에 적힌 후계자에 스탈린은 없었음. 이후 5년 동안 피비린내 나는 권력 투쟁이 벌어짐.

1925년 캄머러는 유전학에 계급 투쟁 이식. 그는 '새로운 유형의 소비에트 인류'를 만들기 위해 소련과 접촉. 리센코는 캄머러에 큰 영향을 받음.

1926년 바빌로프 〈재배 작물의 기원 연구〉 발표.

캄머러, 실험이 조작으로 밝혀지자 권총 자살.

1928년 리센코가 '춘화 처리 이론'(작물의 개화를 유도하기 위하여 일정시기에 저온 처리를 하는 것)으로 소련 학계와 공산당의 주목을 받음. 정규 생물학 교육을 받은 적 없는 그는 획득형질의 유전을 맹신하는 극렬 공산주의자였음.

1930년 스탈린, 치열한 암투 끝에 반대파를 모두 제거하고 소련의 독재자가 됨.

1931년 리센코가 공산당 기관지 〈프라우다〉를 등에 업고 부르주아 과학자들을 숙청함.

스탈린과 공산당이 주도해 (비)러시아계 인종을 본격적으로 박해.

1932년 스탈린의 부인 나데즈다 알룰리예바, 권총으로 자살.

1년 동안 우크라이나에 홀로도모르(Holodomor; 우크라이나어로 '아사餓死') 발생. 극심한 대기근으로 약 300만 명의 희생자 발생. 아사한 시신이 길거리에 방치되었고, 식인 사례가 보고됨.

1933년 토마스 헌트 모건이 노벨 생리 의학상 수상.

미국인이지만 급진적인 공산주의자였던 멀러가 모스크바 유전학 연구소에서 1933년까지 근무.

268

단기간에 비약적인 곡물 생산량 증가를 원했던 공산당의 요구에 리센코가 부응.

스탈린은 부르주아 출신 과학자 바빌로프를 대기근의 책임을 물을 희생양으로 지목하고, 프롤레타리아 출신 과학자 리센코를 전폭적으로 지원함.

1935년 리센코가 '춘화 처리 이론'을 확장해 일반 유전 이론에 적용.

스탈린은 라마르크주의자이자 마르크스주의자인 리센코를 전당 대회에서 공식 지지하고, 레닌 훈장을 수여.

1936년 멀러가 스탈린에게 편지를 써 우월하고 새로운 소비에트형 인간을 만들기 위해, 레닌과 다윈 같은 우수한 남성의 정자를 여성 자궁에 강제로 인공 수정시키는 정책을 권유.

스탈린은 고향 그루지야를 방문해 병약한 어머니 케케 와 마지막으로 만남.

1937년 본격적인 대숙청이 시작됨. 스탈린의 지시로 100만 명 을 학살.

스탈린의 어머니 케케 사망.

1938년 리센코가 레닌 아카데미의 수장으로 취임하며 소련 유 전학계 독재자로 등극.

2년에 걸친 대숙청 마무리. 스탈린의 철권통치, 공포 정 치 완성.

1939년 2차 세계대전 발발.

스탈린과 바빌로프, 크렘린 궁에서 비공개 독대.

1940년 리센코의 모략으로 바빌로프가 체포 감금.

1941년 독소 전쟁 발발.

스탈린의 장남 야코프(야샤)가 독소 전쟁에서 싸우다 나 치 독일군에게 붙잡혀 포로수용소에 수감.

1942년 〈타임〉지의 '1942년 올해의 인물'로 스탈린 선정.

1943년 바빌로프 감옥에서 아사.

야샤가 수용소에서 탈출을 시도하다 총살됨. 스탈린은 아들을 구하기 위한 어떠한 조치도 하지 않음.

1945년 소련군 베를린 함락. 2차 세계대전 종전.

1946년 허먼 멀러, 돌연변이 발생에 관한 연구로 노벨 생리 의학 상 수상.

1947년 냉전 시작.

대기근 발생. 150만 명이 사망하고 수천만 명이 영양실
조에 걸림. 식인 행위 발생.

리센코를 내세워 진행했던 스탈린의 농업 정책은 실패
로 끝남.

1953년 제임스 왓슨, 프랜시스 크릭, 로잘린드 플랭클린이 DNA
의 구조를 밝혀냄.

한국 전쟁 휴전 협정.

스탈린, 뇌출혈로 사망.

악의 유전학

2023년 9월 20일 초판 1쇄 발행 | 2023년 10월 18일 초판 3쇄 발행

지은이 임야비 **기획** 김병곤

펴낸이 박시형, 최세현 **편집인** 박숙정
책임편집 최현정, 정선우 **디자인** 전성연
마케팅 양근모, 권금숙, 양봉호, 이주형 **온라인마케팅** 신하은, 현나래, 최혜빈
디지털콘텐츠 김명래, 최은정, 김혜정 **해외기획** 우정민, 배혜림
경영지원 홍성택, 강신우 **제작** 이진영
펴낸곳 쌤앤파커스 **출판신고** 2006년 9월 25일 제406-2006-000210호
주소 서울시 마포구 월드컵북로 396 누리꿈스퀘어 비즈니스타워 18층
전화 02-6712-9800 **팩스** 02-6712-9810 **이메일** info@smpk.kr

ⓒ 임야비 (저작권자와 맺은 특약에 따라 검인을 생략합니다)
ISBN 979-11-6534-814-4 (03810)

• 이 책은 저작권법에 따라 보호받는 저작물이므로 무단전재와 무단복제를 금지하며,
  이 책 내용의 전부 또는 일부를 이용하려면 반드시 저작권자와 (주)쌤앤파커스의 서면동의를 받아야 합니다.

• 잘못된 책은 구입하신 서점에서 바꿔드립니다.
• 책값은 뒤표지에 있습니다.

쌤앤파커스(Sam&Parkers)는 독자 여러분의 책에 관한 아이디어와 원고 투고를 설레는 마음으로 기다리고 있습니다.
책으로 엮기를 원하는 아이디어가 있으신 분은 이메일 book@smpk.kr로 간단한 개요와 취지,
연락처 등을 보내주세요. 머뭇거리지 말고 문을 두드리세요. 길이 열립니다.